theater book 016

交換王子

高橋いさを

論創社

交換王子◉目次

交換王子

作／高橋いさを

【登場人物】

羽村俊人（前社長の息子）
小島吉平（劇団員）

堀江（営業部長）
木島（劇団主宰者）
奥井リエ（俊人の許婚）
奥井高志（リエの兄）

黒沢（常務取締役）
諸岡（探偵）
静香（堀江の部下）
美鈴（俊人の秘書）
門馬（警備員）

岡村（劇団員）
ジュン（劇団員）
トッポ（劇団員）
ゴリ（劇団員）
ナナ（劇団員）
マスター（進行役）

プロローグ　もしも君と出会わなかったら――

開演時間が来ると、一人の男が舞台に出てくる。
黒いスーツの魔術師のような格好の男――マスターである。

マスター　お暑いなか劇場へようこそいらっしゃいました。初めまして。わたしはこの芝居の案内人――名前はマスターです。今日は、わたしの案内でみなさんを未知の世界へお連れしようと思っております。
ところでみなさん、人はなぜ旅をするのでしょうか？　それはたぶん今いる世界とは違う未知なる世界にあこがれるからでしょう。住み慣れた我が家、いつもの通勤電車、代わり映えのしない会社、見慣れた風景、馴染み深い町並み――そんな日常からのちょっとした脱出を望み、新しい世界と出会うために我々は旅をする。だから我々は、しばしば知らない場所や遠い外国に足を伸ばします。そこには日常生活では体験できないさまざまな人や風景、何より驚き――サプライズがあるのです。しかし、未知なる世界は何も見知らぬ場所や外国だけにあるわけではありません。人間は、みな自分一人の人生しか生きません。しかし、「他人の人生」というのも実に不思議な未知なる世界です。本日、お贈りする物語は、そんな「他人の人生」という未知なる世界を旅することになった二人の若者の冒険物語です。この拙（つたな）い芝居が、皆様の心の一服の清涼剤となりますことを。最後までごゆっくりとご覧くださいッ。

と頭を下げるマスター。
音楽！
と俊人（中世の王子様の格好）が出てくる。
続いて、吉平（中世の乞食の格好）が出てくる。
二人は歌を歌う。

二人

もしも　君と出会わなかったら
僕はどんな人になっていただろう
もしも　君と出会わなかったら
僕は今ごろ　どこで何をしていただろう
君と出会ったことが　僕の人生の宝物
君と触れ合ったことが　僕のこころの財産
悲しみも　失敗も　君がいればへっちゃら
喜びも　成功も　君がいれば倍増
今も　こうして僕はこの場所で　いつものように歌ってる
君に会えて　最高
君に会えて　よかった

と人々が歌いながら出てくる。

きらびやかな中世のヨーロッパ風の衣装を身に着けている。
王様、貴族、貴婦人、職人、町人、乞食、兵隊、大道芸人——。
そのカーニバルのような賑やかさ。
人々は踊りながら歌う。
俊人と吉平は、それぞれ王子と乞食の衣装を脱ぐ。
そして、スーツにネクタイ姿の青年になる俊人。（眼鏡をかける）
そして、Tシャツにジーパン姿の青年になる吉平。

マスター　紹介しましょう。こちらは、とある大手建設会社の社長の一人息子——羽村俊人（はむらとしひと）。

　と俊人を紹介するマスター。

マスター　こちらは、とある貧乏劇団の劇団員——小島吉平（こじまきっぺい）。

　と吉平を紹介するマスター。

マスター　お気付きでしょうか？　そう、二人は双子と見間違えるほど瓜二つだったのです。

　衣装を脱いでビジネスマンになった堀江が俊人に資料を渡す。

堀江　スピーチ原稿です。期待してますよ。

俊人　（受け取り）サンクス。

衣装を脱いで演出家になった木島が吉平に台本を渡す。

木島　台本だ。がんばれよッ。

吉平　（受け取り）ありがとうございますッ。

俊人と吉平は、それぞれ舞台中央に歩み寄り、真ん中で行き違う。
と、その瞬間に衝撃音。
一瞬、すべての動きが止まる。
二人、ふと後ろを振り返り、それぞれの顔を見る。
と、すぐに歌が再開されて人々は歌い出す。
俊人と吉平は別々の方向に去る。
堀江と木島もその場を去る。
歌いながらその場を去る人々。

1　出会い

舞台に一人残るマスター。

マスター　そんな二人があることをきっかけに出会います。きっかけは文字の擦り切れた一枚の見にくいファックス。（と紙を出す）

チン——とエレベーターが開く音。
エレベーターから吉平がファックスの紙を見ながら出てくる。
肩に大きなバッグをかけている。（右手に包帯）
吉平、ファックスを見ながら立ち往生。

マスター　ここは、都内の一等地にある俊人の父親が作った羽村建設のビル。地上十五階のビルの最上階です。

とマスターは去る。

吉平　あれ、おかしいな。ここじゃないのかな。

と　キョロキョロしている吉平。
と　警備員の門馬（もんま）が出てくる。

門馬　ちょっと、そこのあなた。そこで何してるんですか。
吉平　え？
門馬　何か用ですか。
吉平　あの、その、道に迷っちゃったみたいで。
門馬　どちらにお出でですか。
吉平　オーディション会場です。えーと（と紙を見て）幕張（まくはり）で行われるトイレの展示会の出演者の。
門馬　何ですか。
吉平　ですから、イベントですよ。この――。

と　紙を門馬に渡す吉平。

門馬　（見て）ここがどこだかおわかりですか。
吉平　どこって、オーディションをする会社のあるビルでしょ。
門馬　ここは羽村建設の建物ですが。
吉平　羽村建設？
門馬　そうです。ここには、そんな名前は書いてありませんが。

と紙を返す門馬。

吉平　ビル、間違えちゃったかな。

門馬　失礼ですが、そのバッグの中身を確認させていただいてよろしいですか。

吉平　なんでですか。

門馬　最近、ビル内で盗難事件が頻発(ひんぱつ)してまして。

吉平　ちょっと待ってくださいよ。オレ、怪しいもんじゃないですよ。

門馬　じゃあそのバッグの中身を見せてもらっても問題はありませんよね。

吉平　そんな時間はないんです。オーディションの時間、もう過ぎてるんですから。

と行こうとする吉平を捕まえる門馬。

吉平　何だよッ。放してよッ。

門馬　抵抗するとあなたのタメになりませんよッ。

吉平　時間がないって言ったろう!

と揉み合う二人。

とそこに、俊人がやって来る。

俊人　何事だ。

門馬　あ――これは羽村常務。（と敬礼）
俊人　何があった？
門馬　いいえ、こいつが怪しい行動を取っていましたので。
吉平　どこが怪しいんだよッ。ただ道に迷ってただけじゃないかッ。
門馬　うるさいッ。言い訳はバッグの中身を見せてから言えッ。
俊人　（吉平を見て）……ちょっと待てッ。
門馬　ハイ？
俊人　いいから――。

と門馬から吉平を引き離す俊人。

門馬　……？
俊人　君はもういい。ご苦労様。
門馬　ハイ？
俊人　いいんだ。その――彼は、僕の友人なんだ。
門馬　え？
俊人　（吉平に）な、そうだよな。
吉平　……え、まあ。
俊人　ということだ。だからここはもういい。
門馬　はあ。常務がそうおっしゃるなら。
俊人　ご苦労様。

門馬　では。

と敬礼して、その場を去る門馬。

吉平　どうもすいません。何かご迷惑かけちゃったみたいで。
俊人　いや、いいんだ。
吉平　じゃあ、オレはここで。（と行こうとする）
俊人　ちょっとッ。
吉平　（止まり）ハイ？
俊人　ちょっとオレに付き合ってくれないかな。
吉平　え？
俊人　その――話がしたいんだ、君と。
吉平　悪いけど、急いでるんで。（と行こうとする）
俊人　とにかくほんの十分でいい。付き合ってくれッ。

と吉平を強引に連れていく俊人。

吉平　ちょっとッ。そんなに引っ張るなよッ。

二人、その場から去る。
とそれを舞台の隅から見ていたマスター。

マスター　広いこの世には自分とそっくりの人間が何人かいる——よくそんなことを耳にします。嘘かほんとかわからぬ風説ですが、もしも、それが本当のことなら、この広い世界にはあなたとそっくりな人間がいるんです。まさに、この二人がそうであったように。

とマスターは去る。

2　交換条件

羽村建設の重役室。
豪華なソファとテーブル。奥にデスク。
その上に写真立て（リエと俊人が写っている）がある。
そこへ俊人に案内されて吉平が入ってくる。

俊人　どうぞ、遠慮せずに。
吉平　……。
とやたらに色っぽい秘書の美鈴がお茶を持ってやって来る。
吉平、仕方なくソファに座る。
俊人　秘書の美鈴さんだ。
美鈴　いらっしゃいませ。
俊人　あ、この前はごめんね。ちょっと酔ってたんだ。
美鈴　……ごゆっくり。

とその場を去る美鈴。
美鈴の尻を見てしまう吉平。

俊人　（咳払い）
吉平　あの、あなたいったい誰なんですか。
俊人　すまない。まだ名乗ってなかったな。僕は――こういうモンだ。

と名刺を差し出す俊人。

吉平　（受け取り）この会社の――。
俊人　まあ、一応、重役だ。
吉平　この部屋は――。
俊人　僕の部屋だよ。
吉平　（見回し）……あなた、まだ若いですよね。たぶんオレと同じくらい。
俊人　たぶんね。
吉平　それなのに、こんなふかふかの――。

とソファの上で尻を弾ませる吉平。

俊人　まあ、ね。ハハ。
吉平　で、こんな凄いビルの最上階にこんなソファのある部屋を持ってる偉い人がオレに何の

俊人　用ですか。
吉平　わからないか？
俊人　わかりませんよ。
吉平　君、目は悪いのかな。
俊人　どういう意味ですか。
吉平　気付かないか。
俊人　何に？

俊人、舞台前にある架空の鏡の前に吉平を連れていく。
鏡に自分の顔を映す俊人と吉平。

吉平　（眼鏡を外し）これだよ。
俊人　……？
吉平　わからないか。
俊人　え？
吉平　僕たち、まるで双子みたいにそっくりじゃないか。
俊人　……。

吉平、ハッとして俊人を見る。
そして、再び架空の鏡に自分たちの姿を写す。

吉平　ほんとだ……。
俊人　だろ。
吉平　こんなことがあるんですね、現実に。ハハハハ。
俊人　ああ、びっくりだ。
吉平　まあ、それはわかりましたけど、オレにどうしろと？
俊人　こっちのオーディション（ファックス）はダメだった。けれど、こっちのオーディショ
ンは合格したんだと思ってくれればいい。
吉平　どういうことですか。
俊人　しばらくの間、お互いの身分を入れ換えてみないか？
吉平　え？
俊人　もちろん、そんなに簡単に身分を取り換えることなどできっこない。けど、試してみる
価値はあると思わないか。
吉平　価値？
俊人　ああ。
吉平　どんな？
俊人　どんなって――楽しいじゃないか、自分以外の人間になれるなんて。
吉平　悪いけど、オレ、あなたと違ってそんな暇じゃないんです。

と行こうとする吉平。

俊人　（止めて）待ってくれッ。

吉平　言ったでしょう、オーディションがあるって。
俊人　そんなくだらないオーディションのことは忘れろ。
吉平　くだらないって――。
俊人　いいか、よく聞いてくれ。君がこの話を引き受けてくれるなら、そっちのオーディションの報酬の十倍の金額を出そう。それならいいだろう?
吉平　そういう問題じゃないですよッ。お茶、ご馳走様。

と行こうとする吉平。

俊人　……。

吉平、戻ってくる。

吉平　ほんとですか。
俊人　ああ。
吉平　十倍ですか。
俊人　ああ、十倍だ。
吉平　詳しい話を聞かせてください。

とソファに座る吉平。

俊人　よしッ。

　　とソファに座って吉平と向かい合う俊人。

マスター　貧乏人の性とでもいいましょうか。吉平はこうして降ってわいたような別のオーディションの仕事を引き受ける気になったのです。

　　俊人の話を聞いている吉平。

俊人　どうだ、引き受けてくれるか。
吉平　わかりました。
俊人　よしッ。交渉成立！　ありがとう、小島吉平くん！

　　と吉平と握手する俊人。
　　と俊人は吉平を促す。
　　二人は着ているものを交換するために一度、その場を去る。

マスター　俊人の提案と条件は以下のようなものでした。
一つ、二週間後の今日まで――すなわち、この十四日だけ、二人の立場を入れ換えること。
一つ、自分に関する情報は、逐時、惜しまず提供すること。

一つ、報酬は幕張メッセで行われるトイレの展示会の出演料の十倍とすること。
一つ、報酬の受け取りはキャッシュで行うこと。
一つ、再会は二週間後の同じ時間、同じ場所ですること。

お互いの衣服を交換し終えた俊人と吉平が戻ってくる。
そして、舞台前方の架空の鏡の前で髪型を整える。
確かに二人は完全に入れ換わったように見える。
と俊人はデスクの上の電話をかける。

俊人　さあ、第一幕の開演だ。
吉平　……。
俊人　期待してるぜ、坊っちゃん。
吉平　(不安で)……。

と美鈴と門馬が出てくる。

美鈴　お呼びしました。
門馬　失礼します。何かご用でしょうか。(と敬礼)
俊人　(吉平を見て「何か言え」とゼスチャア)
吉平　あの、その、何と言うか——。
門馬　ハイ?

吉平　……。
門馬　どうかしましたか。
吉平　いけないな。
門馬　何がですか。
吉平　人を外見だけで判断しては。
門馬　はあ。
吉平　君はクビだ。
俊人　！
門馬　ままま待ってくださいッ。さっきの件に関してはお詫びします。ですから、なにとぞお許しをッ。

と深く頭を下げる門馬。

吉平　反省してるのか。
門馬　もちろんです。
吉平　（俊人に）どうする？　許してもらえるかな。
俊人　お任せします。
吉平　……今後、気をつけるように。
門馬　わかりましたッ。以後、気をつけますッ。
吉平　二人とも下がってよろしい。
門馬　ハ、ハイッ。

とあたふたとその場を去る門馬。
それを追う美鈴。

俊人　……さすが役者さんだ。「君はクビだ」――ハハハハハ。
吉平　ハハハハハ。

と大笑いする二人。

吉平　聞かせてください。
俊人　何を。
吉平　あなたのことです。役作りには情報が必要ですから。
俊人　いいとも。

それを見ていたマスター。

マスター　こうして、二人はその身分を入れ換えることになったのです。言うなれば、現代版の『王子と乞食』ですな。

俊人は吉平に自分のことを説明しながら去る。

マスター　けれど、まだ二人は気付いていません。この「交換ゲーム」が、それぞれ二人にどんな試練を与えるのかを。

3　俊人の世界

マスター、舞台前方に出てくる。

マスター　場面は翌日、前景と同じ羽村建設の重役室。

とマスターは去る。

そこに営業部長の堀江が出てくる。

続いて女子社員の静香。

堀江　で、連絡は取れたのか。

静香　何度かけても携帯がつながらないんです。

堀江　マンションには？

静香　行きました。どうやら夕べは家に帰らなかったみたいです。

堀江　こんな時に何やってんだッ。

静香　まったく。

堀江　彼女には連絡したのか。

静香　彼女？

堀江　婚約者だ、奥井のお嬢さん。
静香　もちろん。
堀江　で？
静香　特別な連絡はないようです。
堀江　何か言ってなかったか、お嬢さん。
静香　言ってました。
堀江　なんて？
静香　「あんな馬鹿野郎は死んじまえッ」と。
堀江　……。

とそこに美鈴がやって来る。

堀江　どした。
美鈴　いらっしゃいました。
堀江　誰が。
美鈴　常務です、坊っちゃん。

堀江と静香、出入り口を見る。
と、そこに傻人に変身した吉平がやって来る。

吉平　諸君、おはようッ。いやあ、やはりココは気圧が違うな、地上とは。さすがビルの最上

人々　階だ。ハハハハ。
吉平　……。
美鈴　どした、みんな。そんな顔して。
　　あの、常務――。

と美鈴が口を開くのを堀江が止める。

堀江　君はもういい。ご苦労様。
美鈴　はあ。……失礼します。

と美鈴はその場を去る。

静香　坊っちゃん、どこにいらしたんですか。探してたんですよ。
吉平　いやあ、すまない。ちょっとね、いろいろあって。
静香　どこか具合でも悪いんですか。
吉平　いや、健康そのもの、元気はつらつッ。（と運動する）

堀江はじっと吉平を見ている。

吉平　堀江くん――我が社きってのやり手の営業部長。
堀江　……。

吉平　僕の親父にはずいぶん可愛いがられたそうだね。
堀江　……。
吉平　あーごめんなさい。で、何か用かな、僕に。

堀江、吉平の腕を取ってソファへ座らせる。

吉平　何なになになにッ。乱暴はようそうね、乱暴はッ。

堀江、吉平と向かい合う。

堀江　答えてください。
吉平　何を。
堀江　わたしの星座と血液型。話しましたよね、昨日。
吉平　……そうだっけ。
堀江　どうですか。
吉平　……獅子座のA型。
堀江　……。
吉平　当たり?
堀江　乙女座のB型——顔に似合わず。
吉平　……。
堀江　ハハ、ハハ、ハハハハ。

と笑い出す堀江。

静香　堀江さん――。
堀江　信じられん。……聞いて驚け。こいつは坊っちゃんじゃない。
静香　え？
堀江　お前は誰だッ。言えッ。言わないと痛いメにあうぞッ。

と吉平に迫る堀江。

静香　落ち着いて、落ち着いてくださいッ。
堀江　……。
静香　ほんとなんですか。
堀江　ああ。
静香　けど、どう見てもこの人は――。(吉平に) 常務も何とか言ってくださいよッ。
吉平　堀江くん、忙しすぎたんだな。少し休養した方がいい。

と堀江の肩に手をかける。

堀江　(振り払い) 触るなッ。
吉平　……。

堀江　誰の入れ知恵だ。誰に吹き込まれてこんなことに？

吉平　……。

堀江　坊っちゃんか？　そうなんだろ。坊っちゃんに「身代わりをやってくれ」とか何とか頼まれたんだろう？

吉平　……。

堀江　いくらだ。いくらで頼まれた？

静香　部長、まだそうと決まったわけじゃないんですから、そんなに性急に結論を出さなくても——。

吉平、土下座する。

吉平　すいませんでしたッ。

静香　ほら、常務もこうして謝って——認めるんだッ。うそーん！（と腰を抜かす）

吉平　その通りですッ。けど、別に悪気があってやったことじゃなくて、あの人に頼まれてやったことですッ。

堀江　坊っちゃんはどこだッ。

吉平　それは——。

堀江　警察に突き出されたいのか。どこだッ。

吉平　僕の劇団の方だと。

堀江　劇団？

静香　ほんとなんですかッ。嘘でしょッ。何かの冗談じゃないですよね、これッ。マジですか

堀江　ッ。どっきりカメラじゃないですよねッ。ねえッ。
静香　少し黙ってろ！
堀江　すいませんッ。
吉平　……あんた、何者だ。
堀江　何者って言われるほどたいしたモンじゃないですよ。
吉平　（拳骨を振り上げる）
堀江　ややや役者ですッ。劇団に所属してる――。
静香　役者……。
吉平　しかし、よく似てるなあ。絶対わかりませんよ、これは――白状されなきゃ。
静香　僕もびっくりしました。ハハハハ。
堀江　ハハハハ。
二人　（睨む）
堀江　あ――すいませんッ。

とそこに美鈴がやって来る。

美鈴　黒沢常務がお見えです。
堀江　何だ。
美鈴　かしこまりました。
堀江　……お通ししてくれ。

美鈴、その場を去る。

静香　堀江さん——。

堀江　（吉平に）いいか、お前は羽村俊人だ。オレが話するからお前は調子を合わせろ。いいな?

吉平　え?

堀江　いいなッ。

吉平　ハ、ハイ。

堀江　妙なことは一切口にするなッ。わかったな?

吉平　（うなずく）

とそこにスーツ姿のスキのない感じの男が出てくる。
常務取締役の黒沢——陽灼(ひや)けした顔が健康的。

堀江　おはようございます。

静香　おはようございますッ。

黒沢　どうも、みなさん。お揃いで。坊っちゃん、おはようございます。

吉平　……どうも。

堀江　よく陽にお灼(ひや)けですね。

黒沢　もう参ったよ。この間、九十九(つくも)専務と軽井沢でコレ（とクラブを振る）に付き合わされて。一日中コース回ってこの有様ですよ。ハハハハハ。

堀江　健康的で何よりです。
黒沢　今度、堀江さんもどうです、いっしょに。コレ（とクラブを振る真似）――。
堀江　わたしはてんでそっち関係はダメなんで。
黒沢　（吉平に）あれ、どうかしましたか、坊っちゃん。何か元気がないようですけど。
吉平　いえ、別に――。
堀江　ところで、黒沢さん。この間の件ですが――九十九専務の意向は？
黒沢　前言った通りです。
堀江　……。
黒沢　まあ、堀江さんが渋るのもわからないではない。
堀江　別に――。
黒沢　まあ、聞いてください。
堀江　……。
黒沢　聞けば、誰と言うわけでもないですが、坊っちゃんを新社長にすることに難色を示すものもチラホラいますから。
堀江　……。
黒沢　もちろん亡くなった前社長の意向は残された我々にとってじゅうぶんに尊重すべきものだと思いますよ。しかし、それを鵜呑み（うの）に望まれていない人間を社長にするというのもどうかと思うんですよ、わたしは。

とソファに座り、眼鏡を外して拭く。

黒沢　第一、若すぎる。
堀江　しかし、それは――。
黒沢　まあ、最後まで聞いてください。
堀江　失礼。
黒沢　現社長の続投を望むものはいません。あの人は、先代の言うことなら何でも聞くイエスマン。まあ、こう言ってはナンだが、ただの〝繋ぎ〟ですから。ハハ。
堀江　まあ。（と苦笑）
黒沢　で、専務からのご提案なんですが、来週末の創立記念パーティーで、俊人坊っちゃんに演説をしてもらうというのはどうかということです。
堀江　演説？
黒沢　そうです。そこで坊っちゃんに羽村建設の未来についてのビジョンを示してもらうわけです。
堀江　……。
黒沢　そして、その演説の説得力と成果を踏まえ、取締役たちの間で協議して新社長を選出したらどうか、と。
堀江　……。
黒沢　いかがでしょうか、坊っちゃん。そんなに無茶な提案ではないと思うんですが。
吉平　……え、まあ。
黒沢　よろしいですか？
堀江　その回答はしばらく待っていただけますか。
黒沢　……そうですか。まあ、いいでしょう。そちらにもいろいろ都合があるでしょうから。

堀江　ふふ。（と席を立つ）
黒沢　……。
堀江　しかし、明日までにお願いします。パーティーの段取りの問題もありますから。
黒沢　わかりました。明日までには必ず。
堀江　じゃ、そういうことで。いい返事、期待してますよ。

と行こうとする黒沢。

黒沢　あ——それと、坊っちゃん。
吉平　ハイ。
黒沢　大切なお客様がたくさん来る大事なパーティー前です。くれぐれも行動にご注意を。
——失礼。

とその場を去る黒沢。

静香　行ってきます。
堀江　どこへ行く？
静香　決まってるじゃないですか。本物の坊っちゃんを呼び戻すんですよ。
堀江　まだ呼び戻さなくていい。
静香　え？　どういうことですか、呼び戻さなくていいって？
堀江　……。

静香　堀江さん。
堀江　お前——。
吉平　ハイ？
堀江　役者って言ったな。
吉平　ええ。
堀江　じゃあ役を演じるのはお手のモノってわけだ。
静香　まあ——。
堀江　堀江さん、何考えてるんですか。
静香　これは神様がオレたちにくれたプレゼントなのかもしれん。
吉平　ハイ？
堀江　下手に本物を人前に出すより——偽者の方がイイ場合もある。

と吉平を見る堀江。

静香　この人を——。
堀江　ああ。
静香　無茶ですよ、そんなッ。
堀江　腐っても役者だ。演じるのはお手のものだ。
静香　見破られたじゃないですか、速攻でッ。
堀江　少なくともお前はわからなかった。
静香　それにしても——。

堀江　君にひとつ頼みがある。

吉平　何ですか。

堀江　続投してくれ。

吉平　え？

堀江　このまま俊人坊っちゃんを演じ続けてほしいんだ。いいか、よく聞いてくれ。今、わたしたちは危機的な状況に置かれている。事の顛末はこうだ。

それを見ていたマスター。

マスター　一人きりの孤独な舞台で役を演じてきたとも言える吉平。しかし、彼は今ここに強力な助っ人——頼もしい演出家を得ることになったのです。

堀江、吉平に説明しながら去る。
それに続く静香。

マスター　彼らが目指す本番の舞台は、言うまでもなく来週末に行われる羽村建設創立七十周年記念パーティー。果たして、俊人に扮した吉平はこの大役を見事に演じて、観客の喝采を浴びることができるのでしょうか？　うん、なかなか面白い展開になってきたぞ！

4　吉平の世界

舞台前方にやって来るマスター。

マスター　さて、もう一人のアイツは？　場面はその日の同じ頃。中央線沿線にある劇団「血風過激団（けっぷうかげきだん）」の稽古場に変わります。

とマスターは去る。
電車の通過音。
そこにトレーニング・ウェアを着た劇団員が三三五五に出てくる。
ジュン、トッポ、ゴリ、ナナの四人。
お世辞にも綺麗とは言えない劇団の稽古場。
何かあったのか、それぞれに表情は暗い。
とそこに無精髭の中年男——劇団主宰者の木島が入ってる。
続いて制作兼役者の岡村。岡村はオカマ。

ジュン　どうでしたか。
木島　うむ——。

ナナ　まさか——。
岡村　大丈夫。命に別状はないから安心して。
人々　（ホッとする）
トッポ　どういうことなんですか。
岡村　落ちたらしいのよ、階段から。
ゴリ　階段？
岡村　そう、アパートの。
ナナ　酔っ払って？
岡村　（うなずく）
ナナ　それで？
岡村　足の骨をアレしちゃって、お医者さんが言うには全治一ヶ月。
人々　……。
ジュン　しかし、何でまたそんなことに——。
木島　決まってるだろう。オレがこの前、あいつの芝居をボロ糞に言ったからだ。
人々　……。
木島　その揚げ句がプレッシャーで酒飲んで、このザマだ。ッたく、肝っ玉の小さえヤツを主役に抜擢すると、こうだから情けねえ。
岡村　あれ、吉平くんは来てないの？
ジュン　連絡取ってるんですけど、携帯が繋がらなくて。
ゴリ　そうですか。全治一ヶ月ですか。うん、そりゃ大変だッ。

とゴリ、腹筋運動を始める。

岡村　どしたの、急に。

ゴリ　いえ、別に。……よっしゃあ！　（と腹筋運動）

ナナ　（ゴリを叩く）

ゴリ　痛ッ。何すんだよッ。

ナナ　何うれしそうに腹筋してんのよ、仲間が怪我したって言うのにッ。

ゴリ　だって――。

ナナ　だって何よッ。

ゴリ　主役のタカさんがそういうことになったってことは、誰かが――その、代役をやるってことでしょ。

ナナ　（あきれて）……。

トッポ　……よっしゃあ！

と負けずに腹筋を始めるトッポ。

ジュン　あの、木島さん。

木島　何だ。

ジュン　つまり、タカさんの代わりに誰かを抜擢して公演はやる、と？

木島　当たりメーだろうが。あんな馬鹿の巻き沿いで公演中止にできるかッ。

と電車の通過音。
そこにバッグを肩から下げた俊人がやって来る。
人々、俊人に注目。（右手に包帯はない）

岡村　どしたの、何かあったの。
俊人　いえ。
岡村　昨日、行ったんでしょ、オーディション。
俊人　え——ああ、ハイ。
岡村　で、結果は？
俊人　ダメでしたッ。ハハハハ。

俊人、木島のところへ行く。

俊人　座長の木島さん？
木島　何だ。
俊人　バツ一の独身。趣味はバイクいじり。
木島　だったら何だ。
俊人　いえ。……聞いた通りだッ。ハハハハ。

とうれしくて踊る俊人。

木島　お前、夕べ変なモンでも食ったのか?
俊人　いえ、大丈夫ですッ。
岡村　そんなことより大変なのよ。まだ何も聞いてないでしょ。
俊人　ええ。
岡村　タカちゃんがアパートの階段から落ちて怪我して、今度の公演に出られなくなりそうなのよ。
俊人　……へえ。ハハハハ。

俊人の奇妙なリアクションに「?」となる人々。

俊人　あ——すいません。
木島　みんな、聞けッ。言った通り公演はやる。明日以降にオーディションをして、主役を選び直すからそのつもりでいろ。それぞれ台詞を確認しておけ。いいなッ。
人々　オッス!
木島　(俊人に)いいな。
俊人　……はあ。
木島　何か張り合いのないリアクションするな、お前、さっきから。
俊人　すいません。ハハハハ。
木島　こいつらを見習えッ。

とゴリとトッポを見る木島。

木島　コイツらはタカが怪我したと聞いたとたん、目を輝かせて大喜びする人非人(にんぴにん)どもだ。
トッポ　人非人って――。
木島　もといッ。すばらしい人非人と言い直そう。役者ってのはそうじゃなきゃいけねえ。
二人　ありがとうございますッ。
木島　よしッ。じゃあ、時間もねえことだ。始めるか。(俊人に) ほら、お前も早く着替えろッ。
俊人　ハイッ。(一瞬迷うが) こっちでいいのかなあ。ハハハハ。

と奥へ着替えに行く俊人。

ジュン　じゃオレたち、ちょっとランニングしてきますッ。
木島　ああ。
ジュン　行こうぜ。

ジュン、トッポ、ゴリ、ナナはその場を去る。

岡村　あの、木島さん。
木島　あン?
岡村　ちょっといいですか。

と木島を隅に引っ張って行く岡村。

岡村　ちょっと気になることがあって――。

木島　気になること？　何だ。

岡村　ええ――。（と言い淀む）

と、俊人が着替えてやって来る。

俊人　何か臭いんですけど、このTシャツ。ハハハハ。

岡村　（見て）……。

木島　どした？

岡村　ハハハハ。（俊人に）どういうことなの、これは？

俊人　え？

岡村　誰なの？　あなたはいったい誰なの！

と俊人に迫る岡村。

木島　どどどしたんだッ、岡村！　（と岡村を揺する）

岡村　放してくださいッ。あたしは正気ですッ。

木島　何？

岡村　驚かないでください。この男は吉平じゃないんですッ。

木島　ハハハハ。何言ってんだよ。そんな馬鹿なこと――。
岡村　確かにコイツは吉平そっくりです。けど、吉平じゃないのッ。
木島　吉平じゃないとしたら誰なんだ、コイツは。
岡村　わかりません。
木島　なぜコイツが吉平じゃない、と？
岡村　傷がないからです。
木島　傷？
岡村　そうです。
木島　どういうことだ。
岡村　木島さんも知ってるでしょう。アイツがこの前の公演の大道具作りで釘を引っ掛けてコ
コ（右腕）に怪我したこと。
木島　そう言えば――。
岡村　その怪我の傷がないのはおかしいでしょう！
木島　（俊人に）……よく見せてみろ。

俊人、観念したように右腕を見せる。
木島と岡村、それを見る。

木島　ない――。
岡村　ね、おかしいでしょ、絶対！

木島、袖から舞台で使う武器（剣）を持ってくる。

岡村 何してるんですか、木島さん。

木島 黙ってろ！

木島、武器を構えて俊人に迫る。

木島 何者だ。

俊人 ……。

木島 黙ってないで何とか言えッ。

岡村 まさか――。

木島 まさか何だ。

岡村 宇宙から地球を制服しに来たエイリアン？

木島 ななな何だとッ！

俊人、不気味に笑う。

俊人 ふふふふふふふふふふふふふ。バレたのなら仕方ない。

二人 ……。

俊人 その通り！　わたしはエイリアンだあーッ！　キィエーッ！　バリバリバリバリ！

とエイリアンに変身する真似をする俊人。

二人　ひょえーッ！

と腰を抜かす木島と岡村。

俊人　ハハハハ。

あっけに取られている二人。

俊人　ふざけてすいません。
二人　……。
俊人　そんな顔しないでください。僕はエイリアンじゃないですよ。ハハハハ。
二人　……。
俊人　そんなに簡単にうまくはいかないもんですね。
木島　説明しろ。これはいったいどうことなのか——。
俊人　わかりました。実は——というわけなんです。
岡村　羽村建設って、あの羽村建設？
俊人　ええ。
岡村　社長の息子？
俊人　ええ。

木島　で、本物の吉平は今どこに？
俊人　たぶん僕の世界でハラハラドキドキしながら僕を演じてる、と。
二人　（顔を見合わせる）
俊人　こんなことして悪いと思ってます。（と頭を下げ）けど、ひとつお願いが。
木島　何だ。
俊人　もうしばらく僕をココに置いといてもらうわけにはいきませんか。
木島　……。
俊人　虫のいいお願いかもしれないですけど、せっかくこうして人生を取り換えたんですから、このまますぐに元の世界へ戻るのは、どうも口惜しいと言うか。
岡村　馬鹿言うなッ。そんな馬鹿な話――（と木島に）ねえ。
木島　まあ――。
岡村　第一、向こうもそんなに簡単にあんたになり切れるはずないわ。
木島　そりゃそうだ。
岡村　それにあの子、芝居できないことにかけては劇団で一、二を争う下手（へた）くそよ。
木島　同感だ。
俊人　……わかりました。脅かしてどうもすいませんでした。他のみんなと話できなかったのは残念だけど――これで。

とその場を去ろうとする俊人。

木島　待てッ。

俊人　何か。
木島　劇団の主宰者というのは、会社のワンマン社長と同じだ。
俊人　はあ。
木島　すべての決定は社長の一存で決めるのがオレの劇団のやり方だ。
俊人　ハイ。
木島　ハハハハハ。なかなか面白いじゃねえか、替え玉で芝居するのも。

と俊人を見る木島。

岡村　こいつを！
木島　そうだ。
岡村　いいんですか、ほんとに。
木島　お前、何年ここの制作やってんだ。いいか。劇団主宰者のオレが黒と言ったら白いものでも赤だッ。
俊人　ありがとうございますッ。
木島　だが、ひとつ条件がある。聞いての通り、主役をやるはずだった馬鹿が足を折って公演に出られなくなった。だからその主役のオーディションをやる。お前もそれを受けろ。
俊人　オーディション？
木島　そうだ。そのオーディションを突破したらここに置いといてやる。
俊人　……突破できなかったら？
木島　あんたのおふざけもここまでってことだ。

俊人　……。

木島　受ける気はなさそうだな。あばよ、エイリアン。忘れ物すんなよ。

　　と行こうとする木島。

俊人　待ってくださいッ。……やらせてもらいます。

木島　よしッ。ただオレたち以外のヤツらにこのことは秘密だ。他のヤツらを見事ダマして吉平を演じ切ってみろ。

俊人　望むところです。

木島　よしッ。お前もランニング行ってこい！

俊人　ハイッ。

　　とその場を走り去る俊人。

岡村　どうなっても知りませんよ、あたしは。

木島　久し振りに出たな、その台詞が。いい芝居ができる時にお前から出る台詞だ。

岡村　（苦笑）

木島　それに――案外いいタマかもしれねえぜ、坊っちゃんは。

　　木島はその場を去る。

　　それを追う岡村。

いつの間にかその光景を見ていたマスター。

マスター　一人きりの孤独な舞台で役を演じてきた俊人は、今ここに強力な助っ人——本業の演出家を得ることになったのです。彼らが目指す本番の舞台は、言うまでもなく来週末に行われる劇団公演——その演目はもうすぐわかります。果たして吉平に扮した俊人はこの大役を見事に演じて、観客の拍手喝采を浴びることができるのでしょうか？　うん、こっちもなかなか面白い展開になってきたぞ！

5　リエと会う

と舞台前方に出てくるマスター。

マスター　さて、ここでみなさんに一人の女性を紹介します。名前は奥井リエ。とんでもない提案をした俊人の婚約者です。翌日の午後。場所は彼女の家の中庭のプールサイドです。

とマスターは去る。
ビーチパラソルと寝椅子が二つ、簡単なサイドテーブル。
リエの家の中庭のプールサイド。
と涼しげなサマーセーターの若い女が日傘をさして出てくる。
どことなく浮かない顔のリエ——俊人の恋人。
と海水パンツの裸の男が走って出てくる。
リエの兄の奥井高志——やけに明るい男。

高志　いやあ、いい天気だなあッ。
リエ　キャーーッ。
高志　わあーーッ。

と声を上げてしまう二人。

リエ　何よ、いきなり出てこないでよッ。びっくりするでしょッ。
高志　いやあ、すまんすまん。ハハハハ。
リエ　何裸になってんのよ。
高志　泳ぐためだよ、決まってんだろう。
リエ　……。
高志　何だ浮かない顔して。来るんだろう、これから、愛しの彼氏が。
リエ　……まあ。
高志　何だ、婚約発表を前に彼氏と喧嘩でもしたか。ハハハハ。
リエ　大きなお世話よ。それより、あたし、出かけるから後お願いね。
高志　何？
リエ　彼が来たら適当に言っといて。じゃ。

と行こうとするリエ。

高志　ちょっと待てッ。何言ってんだッ。
リエ　会いたくないのよ。
高志　お前がいないでどーすんだッ。パーティーの主役はお前なんだぞ。
リエ　あたし、パーティーには出ない。

高志　出ないって——お前。
リエ　婚約発表は延期。そう言っといて。
高志　（止めて）ばばば馬鹿言うなッ。そんなことできると思ってるのかッ。
リエ　あの人がキチンと謝らない限り、そんなの嫌なのッ。

　　と揉み合う二人。
　　そこに堀江がやって来る。

堀江　何ですか、兄妹喧嘩ですか。
高志　あーッ。これはこれは堀江さん、どうもどうもお久し振りですッ。
堀江　すいません。あっちで家の人に聞いたらこっちだと言われたもんで。どうも、高志さん、お元気そうで。
高志　元気元気ッ。ハハハハ。
堀江　コレ（と本を出し）買って持ってきました。あ、後でサインを。
高志　喜んでッ。我々もの書きはファンあっての商売ですから。
堀江　（リエに）お嬢さん、こんにちは。坊っちゃん、今すぐ来ますから。
リエ　せっかく来てもらったのに悪いけど、いないって言って。
高志　馬鹿ッ。何言ってんだよ、そんな失礼なッ。
リエ　言ったでしょ。会いたくないの。
高志　何子どもみたいなこと言ってんだッ。挨拶くらいしろ、お前の許婚（フィアンセ）だろう。

とそこに吉平がやって来る。

吉平　いやあ、立派なお宅ですねえ。ハハハハ。

堀江、吉平をリエの前に連れていく。
面と向かう吉平とリエ。

堀江　ほら、坊っちゃん。
吉平　……ああ。どうも、こんにちは。
リエ　フン――（と顔を逸らし）それだけ？
吉平　え？
リエ　他に言うことがあるんじゃないの？
吉平　えーと。
堀江　（「何でもいいから喋れッ」とゼスチャア）
吉平　グッド・アフタヌーン。ハハハハ。
人々　……。
リエ　いい機会だわ。この際だからハッキリ言う。あなたが謝らない限り婚約発表は延期してください。
高志　おい――。
リエ　子どもみたいだってことはよくわかってる。けど、あなたがそういう態度のままなら、あたしは結婚できません。

吉平　（理解できずに）……。
高志　どういうことなんだよ。説明しろッ。
リエ　いいの、あたしの口から言って？
吉平　……そうですね。そもそも、言ってくれないとわからないから。ハハハハ。
リエ　何よ、それッ。つまり、全然反省してないってこと？
吉平　いいいいいいや、反省はしてます――深ーくッ。
リエ　……。
高志　堀江さんは聞いてるんですか。
堀江　何を。
高志　ですから二人の喧嘩の原因ですよ。
堀江　聞いてません。
リエ　じゃあ言うわ。この人、あたしに隠れて秘書の女を口説いたんです。
堀江　美鈴さんを。
リエ　（うなずく）
高志　ハハハハ。何だそのくらい。俊人さんだって男だ。大目に見てやれよ――で、どんな女の人？
吉平　（「グラマー」とゼスチャア）
堀江　馬鹿者ーッ！

堀江、吉平を殴り飛ばす。

高志　ひょえーッ。ななな何を！（と驚く）
堀江　何やってんだッ、お前！
吉平　すすすいませんッ。ゆゆゆ許してくださいッ。
堀江　お前、羽村建設の重役たるものがそんなことでいいと思ってるのかッ。
吉平　おおお思ってませんッ。
堀江　お前のそういう優柔不断な態度がお嬢さんの心をどれだけ傷つけてるのかわかってるのかッ。
高志　落ち着いて、落ち着いてくださいッ。堀江さんッ。
堀江　土下座して謝れッ。
リエ　いいわよ、もう――。
堀江　いいえ、よくありませんッ。婚約発表する創立記念パーティーを前に、そんなふらふらしたことやっててどーする！
吉平　この通りですッ。もう二度とあんなことはしないので許してくださいッ。

と土下座して謝る吉平。

高志　俊人さん、やめてくださいッ。羽村建設の御曹司たるもの、そんなに簡単に土下座なんかしないでくださいッ。（リエに）お前も何とか言えッ。これじゃいくら何でも可哀相じゃないかッ。
リエ　……あなたが反省してくれてるなら、前言は取り消すわ。
堀江　ありがとうございます！（と吉平を見る）

吉平　……ああありがとうございます！

高志　じゃ仲直りもできたことだし、堀江さんもどうですか、ごいっしょに一泳ぎ。

堀江　いや、それはまたの機会に。それより、高志さん。ちょっとお願いが。

高志　何でしょう。

堀江　それはあっちで。ここは二人にしてあげましょう。

高志　はあ。しかし、わたしはせっかくこうしてここに裸で出てきたわけですから。

堀江　あっちでよーく見せてください。そのすばらしい裸を。

高志　しかし——。

堀江　お願いしますッ。

　　堀江、高志を連れてその場を去る。

リエ　大丈夫？

吉平　ハイ。

　　とハンカチを吉平に差し出すリエ。

吉平　すいません。（と受け取り）あ——。

　　とリエの指が黒くなっているの気付く。

リエ　何？
吉平　手、汚れてるから。
リエ　あ、ゴメン。さっき絵、描いてたから。落ちないのよ、これ。
吉平　……へえ。
リエ　ふふふふ。
吉平　何ですか。
リエ　ずいぶん素直なのね、今日は。
吉平　そうですか。
リエ　いつものあなたなら、自分から絶対謝らないくせに。
吉平　はあ。
リエ　すんなり土下座なんかするから、何か拍子抜け。
吉平　悪いことは悪いことですから。
リエ　何よ、さっきから。敬語なんか使って。
吉平　……。
リエ　あ――いや、深く反省してる表れということで。ハハ。
吉平　そんなことより楽しみですね――婚約発表。
リエ　……。
吉平　あれ、楽しみじゃないんだ？
リエ　あなた、結婚にあんまりノリ気じゃないみたいこと言ってたから。
吉平　そんなことないですよッ。あなたみたいな美人と結婚できるんです。他に何も望みませんよ、ホント。ハハハハ。

とマスターが出てくる。

リエ　あたしのこと好き？
吉平　え？
リエ　あたしのこと愛してる？
吉平　当たり前じゃないですかッ。だから結婚するんです。
リエ　……そう。
吉平　行きましょう。あっちでパーティーの打ち合わせを。堀江さんが待ってます。
リエ　うん。

吉平とリエ、その場を去る。
と、そこに一人の男が出てくる。
夏なのにコートを着たサングラスの男——探偵の諸岡（もろおか）である。
諸岡、サングラスを取ってリエたちを見送る。

諸岡　……。

そして、反対側に去る。

マスター　幸せそうな二人を見送る鋭い視線の謎の男——この男はいったい何者か？　その正体は

次の場面でわかります。舞台はその日の夜、人気のなくなった羽村建設近くの公園に変わります。

とマスターは去る。

6 陰謀

羽村建設近くの公園。
舞台中央にベンチがひとつ。
夏なのにコートを着たサングラスの男——探偵の諸岡である。
風が吹いて草木の揺れる音がする。
諸岡、煙草を出してライターで火をつけようとする。
そこに黒沢がやって来る。

黒沢　あーこの公園は禁煙だ。
諸岡　……。（と吸うのをやめる）
黒沢　誰かに見られなかったか。
諸岡　ああ。
黒沢　しかし、いつも思うが、そんなもん着て暑くないのか。
諸岡　全然。
黒沢　ならいいが。で、その後の報告は？

諸岡、無言で調査報告書を出す。

黒沢　(見て) 何か変わった動きは？
諸岡　見ての通りだ。
黒沢　リエの方はどうだ。美鈴にアイツを誘惑させた結果は？
諸岡　目論見通り、ターゲットとの仲はこじれたみたいだが。
黒沢　だが何だ。
諸岡　案外、浮気に関しては淡泊みたいで、仲直りしたようだ。
黒沢　くそッ。
諸岡　しかし、ひとつ目立った動きが――。
黒沢　何だ。
諸岡　三日前の夜、自宅に帰らずに一度外泊を。
黒沢　外泊？
諸岡　(うなずく)
黒沢　女か。
諸岡　いや――友人らしい。
黒沢　友人？
諸岡　ああ。

と報告書のページを示す諸岡。

諸岡　小島吉平――二十四歳。ふだんはビル掃除でバイトしているフリーターだ。住居は南町

黒沢　三丁目の「東光荘」——家賃は一万八千円。
諸岡　一万八千円？　今時そんなアパートがあるのか。
黒沢　ある。
諸岡　俊人との関係は？
黒沢　まだ調査中だ。
諸岡　そのくらいのことじゃスキャンダルにするのはむずかしいな。……くそッ。
黒沢　悪いのか、そっちの形勢は？
諸岡　そんなことはない。現在の形勢なら十中八九こっちの陣営の勝ちだ。取締役たちにもちゃんとやるものをやって根回しもしてる。

諸岡　一人いくらだ。
黒沢　まあ、それは聞くな。
諸岡　どーして。
黒沢　言えば、あんた、探偵料が安すぎると言うに決まってるからな。
諸岡　（苦笑）
黒沢　とにかく何が何でも探してくれ、アイツが不利になるような何かを。
諸岡　わかったよ。
黒沢　……。
諸岡　しかし、あんたも若いのにたいした悪党だな。
黒沢　何？
諸岡　下請け業者に水増し発注——ずいぶん儲かるそうじゃないか。
黒沢　……。

諸岡　あんたの推すナントカって専務がトップに立てば、その事実はもみ消せるってわけか。
黒沢　……ふふ。さすが探偵だけのことはある。
諸岡　お褒めにあずかりまして光栄です。（と煙草を出す）
黒沢　ここは禁煙だ。
諸岡　……。（と煙草をしまう）
黒沢　ひとつ言っておく。
諸岡　何だ。
黒沢　どこからそんな情報を聞き出したか知らないが、忘れるなよ。下手なことをしゃべると後悔することになる、と。

と諸岡の肩に手をかける黒沢。

諸岡　……。
黒沢　とにかく徹底的に調査を続行してくれ。
諸岡　ああ。

黒沢はその場を去る。
反対側に去る諸岡。
それを見送るマスター。

マスター　会社幹部の背任行為の隠蔽と権力闘争の渦に巻き込まれようとしている俊人の――そし

て、その身代わりを務める吉平の運命やいかに？

7　俊人の活躍

マスター、舞台前方へ出てくる。

マスター　ここは吉平の所属する劇団の稽古場。公演予定の芝居の演目の稽古の真っ最中です。

とマスターは去る。

剣を持った俊人が出てきて独白。

俊人は右腕に包帯（傷がないのを隠すため）を巻いている。

俊人　このままでいいのか、いけないのか――それが問題だ。どちらが立派な生き方か。このまま心のうちに暴虐な運命の矢弾をじっと耐え忍ぶことか。それとも寄せくる怒濤の苦難に敢然と立ち向かい、闘ってそれに終止符を打つことか。……さあ、来いッ、レアティーズ！

続いて剣を持ったジュン。

二人の剣の戦い。

その周りに劇団員たちが出てくる。

二人の戦いを固唾を飲んで見守る人々。
なかなか見事な剣さばきの俊人。

木島　そこまでッ。

黙っている木島の言葉を待つ人々。
木島、俊人に近寄る。

人々　……。

木島、俊人と握手する。

木島　いいじゃねえかッ、うん！　リアリティだよ、リアリティ！　デンマーク王子の苦悩がよーく出てる！　ハハハハハ。

俊人　はあ。（と照れ）ハハハハ。

木島　これで決まりだッ。誰も文句を言うヤツはいないと思うが、ハムレットはコイツにやってもらう。

人々、拍手する。

木島　頼むぞ、吉平ッ。

俊人　はあ。
木島　何だ、うれしくないのか。
俊人　いや、そんなことはないですけど。
木島　じゃあ、もっと喜べ。堂々とオーディションをして主役の座を射止めたんだ。何恥じることなく喜べばいい。
俊人　ありがとうございますッ。
岡村　じゃあ、これで新しい配役は決まったわけね。
木島　よしッ。じゃあ、今日の稽古はここまで。さ、残り十日だ。気合い入れ直していこう！
岡村　じゃあ、準備準備ッ。あっちに用意はできてるから、運ぶの手伝って。
人々　ハーイ。

と岡村とともにジュン、トッポ、ゴリ、ナナは去る。

俊人　何ですか、準備って。
木島　酒盛りだよ――今日はナナの誕生日。
俊人　ここで？
木島　居酒屋行くより安く上がるからな。
俊人　へえ。

と入り口に静香がやって来る。

静香　……。
木島　何か？
静香　あ――いえ、その、ちょっと、その、様子を見に来たと言いますか。
木島　もしかして――（俊人に）会社の人？
俊人　ええ――まあ。
木島　どうも、初めまして。劇団「血風過激団」の座長の木島です。
静香　どうもお世話になっております。

と握手する二人。

木島　汚いから全然区別つかないのはよくわかるけど。
静香　ハイ？
木島　一応、ここ土足厳禁。
静香　あ――すいません。

と靴を脱ぐ静香。

俊人　元気？　ハハハハ。
静香　ハハハじゃないですよッ。心配かけて。

とジュン、トッポ、ゴリ、ナナが缶ビールや日本酒や食べ物（お握りなど）を持って戻ってくる。
人々、静香を見て「?」となる。

木島　まあ、どうぞどうぞッ。これから宴会です。
静香　いえ、わたしは。
木島　まあ、遠慮しないでください。
トッポ　誰この人?
俊人　あー、えーと、オレの先輩の静香さん。
ナナ　先輩?
俊人　そう。建設会社に勤めてるんだ。
ゴリ　へえ。
静香　静香です。
俊人　けど、もうOLは嫌みたいで、劇団に入りたいんだって。
ゴリ　そうなんですかッ。
静香　……まあ。ハハハハ。

岡村、木島と目でやりとりして状況を理解する。

ジュン　どうぞどうぞッ、汚いトコですけど。

と静香に座布団を出すジュン。

人々、車座（くるまざ）になって座る。

木島　じゃあ、ナナの誕生日と吉平の初主演決定と今度の公演『血風ハムレット』の成功を祈って――乾杯ッ。
人々　乾杯ッ。おめでとう！
ナナ　ありがとう！

と缶ビールで乾杯する人々。
ナナにプレゼントを渡すゴリ。

ナナ　ありがとう！
トッポ　ねねね、何もらったの？
ナナ　携帯のストラップ。
トッポ　へえ――安いッ。
ゴリ　お前に言われたくないなあ。（と叩く）
トッポ　痛ッ。
俊人　ハハハハ。

と楽しそうな俊人。
それを複雑な視線で見ている静香。

木島　ハッピーバースデー・トゥ・ユー〜。

と歌い出す木島。

人々　ハッピーバースデー・トゥ・ユー〜。
ハッピーバースデー・ディア・ナナ〜。
ハッピーバースデー・トゥ・ユー〜。

と、人々も歌い、拍手する。

岡村　お腹減ったでしょ。
俊人　ペコペコです。
岡村　いっぱい食べてね。
俊人　ありがとうございますッ。
ナナ　静香さんもよかったらどうぞ。
トッポ　岡村さんの作るお握りはもう最高にうまいっすよッ。
岡村　すいませんね。こんなモンしか出せなくて。
静香　いえ、お構いなく。
俊人　（食べて）ほんとだッ。うまいッ。
ジュン　何初めて食ったみたいなリアクションしてるんだよ。
俊人　あ――そうか。ハハハハ。

ナナ　吉平くん、決まったんですよ、主役に。
静香　何の？
ナナ　今度の舞台ですよ、『ハムレット』——さっきオーディションして。
静香　へえ。……そりゃすごいッ。ハハハハ。
人々　ハハハハ。
ジュン　どんどん飲んでくださいね。
静香　ありがとうございます。
俊人　……。
木島　どした。口数が少ないな、今日は。
俊人　いえ。（と食べ静香に）ところで、どう、そっちの様子は？
静香　大変ですよ、いろいろ。
俊人　そう。
木島　ま、この世に大変じゃねえ人間の集まりはないからな。
ナナ　ほんと。一番上にいる人間がこんな調子だと座員は大変よね、ほんと。
木島　言うじゃねえか。
ナナ　あれ、聞こえましたか。ハハハハ。
人々　ハハハハ。
岡村　じゃあ、木島さん。あたしはここで。行ってきます。
木島　おう。連絡しろ、どんな感じか。
岡村　わかりましたッ。

とその場を去る岡村。

ジュン　どこへ？

木島　ちょっと野暮用でな。

マスター　俊人がその日、稽古の後、その稽古場で見たもの——それは、俊人が今まで一度も体験したことのない不思議な世界でした。

木島　お客様もいることだ。オレたちも場所、変えよう。

ゴリ　はあ。

ジュン　けど——。

木島　心配すんな。（金のことは）任せとけ。

とその場からガヤガヤと出ていく人々。

8　吉平の活躍

マスター、舞台前方へ出てくる。

マスター　さて、一方、宮殿に紛れ込んだ乞食――いや、羽村建設の吉平の方も吉平の方で、彼にとっては不思議な世界を身をもって体験します。場面は、羽村建設の十五階――俊人の重役室です。

とマスターは去る。
俊人の重役室。
豪華なソファとテーブル。
堀江による特訓が行われている。
堀江はファイルを手に吉平に質問攻め。

堀江　いいか。前社長の一人息子で、現在の常務取締役であるお前は、社員のどんな質問にさらされても、それに答えることができなければならん。創立記念パーティーには、株主や取締役のお歴々も来る。どんな問いが投げ掛けられても、それに対応できるようにしっかりとわが社に関する知識を身につけておくんだ。

吉平　（うなずく）
堀江　ゼネコンとは何の略？
吉平　ゼネラル・コンストラクション。
堀江　日本語にすると？
吉平　総合建設業。
堀江　わが社の設立年度は？
吉平　一九三九年。
堀江　資本金はいくらだった？
吉平　……八百億円！
堀江　現在の従業員数？
吉平　……八五二三人！
堀江　事業内容はどんなものがある？
吉平　建設事業、開発事業、設計――そして、エンジニアリング事業など！
堀江　年間の売り上げ、経常利益は？
吉平　えーと、約八千億円！
堀江　よしッ、そこまでは合格だ。じゃあ次は経営理念。
吉平　ちょっと休憩にしてください。もう、頭がパンクしそうです。
堀江　仕方ない。まあ、いいだろう。

吉平、ソファにぐったりと身を沈める。
とそこに美鈴がやって来る。

堀江　どした。
美鈴　お客様です。
堀江　奥井のお嬢さんたちか。
美鈴　いえ、貧乏くさいオカマです。
堀江　じゃあ知り合いだ。通してやってくれ。
美鈴　ハイ。（奥に）どうぞお入りください。

とそこに岡村がやって来る。

吉平　岡村さん！　すいません、こんなところまで来てもらって。
堀江　（咳払いして）君はもういい。
美鈴　……ハイ。失礼します。

美鈴、その場を去る。

吉平　どうもすいません。こんなことになっちゃって。ハハ。
岡村　ほんとに吉平なの？
吉平　そうですよ。
岡村　何か見違えたわ。ハハハハ。
吉平　自分でもびっくりです。ハハ。あ、これはオレの部下の堀江。

堀江　……堀江さんだ。（岡村に）どうも。

岡村　どうも、吉平がお世話に。

吉平　で、そっちはどうなんですか。

岡村　木島さん、オーディションやってハムレット選び直してね。

吉平　で、誰がハムレットを。

岡村　あなたよ。

吉平　え？

岡村　あなたがいきなり抜擢なのよ。

吉平　そうなんですかッ。

岡村　ええ。

吉平　へえ。オレが——やったじゃん、オレ。（と喜ぶ）

岡村　正確にはあなたじゃなくて、ココのお坊っちゃん。

吉平　そうですけど、何かうれしい。

と美鈴がやって来る。

美鈴　奥井のお嬢様とお兄様がお見えになりました。

堀江　そうか。通してくれ。

美鈴　ハイ。

とその場を去る美鈴。

岡村　下手にコソコソすると怪しまれるわね。
堀江　いや、コソコソしなくてじゅうぶんに怪しい。
岡村　それもそうね。ハハハハ。

と美鈴に案内されて、リエと吉平がやって来る。

リエ　俊人さん――。

と吉平に駆け寄り、仲良く腕を組むリエ。

リエ　ご苦労様。あなたはもういいわ。あ――何か冷たい飲み物でもお願い。
美鈴　チッ。（と舌打ちして）……かしこまりました。

と美鈴はその場を去る。

岡村　今、舌打ちしたわよね、あの人。
高志　あの人が美鈴さんか。俊人さんが口説きたくなるのがわかるような。ハハ。
リエ　（叩く）
高志　痛ッ。
堀江　（リエたちに）あ、このオカマは、今度新しく坊っちゃんの車の運転手になった――。

岡村　……あ、オカマ・ドライバーの岡村です。よろしくお願いします。
堀江　どうもご足労かけまして、恐縮です。
高志　ほんとですよ。けど、可愛い妹に泣き付かれたんじゃ仕方ない。
堀江　できましたか。

高志、数枚の原稿用紙を堀江に渡す。

堀江　ありがとうございます。拝見します。

と原稿用紙を読む堀江。

岡村　何、それ。
吉平　原稿ですよ、スピーチの。
岡村　スピーチ？
吉平　お兄さん、大学で先生してて、何冊も本を出してる作家だから。
岡村　へえ。で、何の？
堀江　最高です。ありがとうございます。
高志　それ書くのに丸一日使いましたよ。
リエ　このくらいやってあげて当然でしょ。可愛い妹の許婚の将来がかかってるんだから。
高志　ハイハイ。
堀江　読んでください。（と原稿を吉平に渡し）せっかくですから、みんなの前で。

吉平　（受け取り）……。
堀江　ほら、ここに立って。

と吉平を適切な位置に移動させる堀江。
人々、吉平に注目する。
吉平、原稿を読む。

吉平　ご紹介いただきました羽村俊人です。みなさん、本日は我が羽村建設創立七十周年記念パーティーに足をお運びいただき、まことにありがとうございます。前社長であり、父でもあった羽村周平が亡くなってすでに半年。今、羽村建設は大きな岐路に立っていると言えます。折からの不況のなか、いかにして会社の発展を成し遂げていくか——わたしたちは今、勇気ある決断を迫られていると言って決して過言ではありません。会社が創立されてすでに七十年。わたしたちは、ここでもう一度、原点に戻り、会社の理念である「建設を通しての社会貢献」を省みる必要があるとわたしは考えます。そもそも、建設とは何でしょう。

と生き生きした吉平のスピーチが続く。
それを見ていたマスター。

マスター　リエの兄の高志の協力を得て、完成した創立記念パーティーでのスピーチ原稿。海千山千のビジネスマンたちの集まるパーティーで、俊人の代わりに吉平は、果たして人々を納得させ、大きな拍手で受け入れられる演説ができるのでしょうか。

吉平を残して人々は去る。

9　リエの思い

舞台前方に出てくるマスター。

マスター　場面は前景と同じ――夜の重役室です。

前景の重役室。
吉平が一人、ぶつぶつとスピーチ原稿の練習をしている。
上着を脱いで腕が見えている。そこに包帯。

吉平　ご紹介いただきました羽村俊人です。みなさん、本日は我が羽村建設創立七十周年記念パーティーに足をお運びいただき、まことにありがとうございます。

と、そこにリエが来る。
手には差し入れの飲み物（白ワイン）とグラスを二つ持っている。

リエ　熱が入ってる。
吉平　（気付く）

リエ　少しは休憩しないとからだに毒よ。

吉平　ありがとう。

リエ、ワインをグラスに注ぐ。

リエ　怪我したの？

吉平　え？

リエ　それ（右手）――。

吉平　ええ、ちょっと。

リエ　……では、次期社長候補の羽村俊人の健闘を祈って――乾杯。

吉平　乾杯。

と吉平とグラスを合わせて飲むリエ。
しかし、吉平は下戸。

リエ　飲まないの？

吉平　いえ――いただきます。（と無理して飲む）

リエ、立ってデスクから写真立てを取り、窓から外を見ている。

リエ　ハハハハ。

と笑い出すリエ。

吉平　何ですか。
リエ　あの人ね、ワインは絶対に赤しか飲まないの。
吉平　あ――。
リエ　ごめんなさい、試すようなことして。
吉平　……。
リエ　みんな聞いた、さっき、堀江さんに。
吉平　……。
リエ　ハハハハ。傑作よね、身代わりで婚約発表しようっていうんだから。
吉平　リエさん――。
リエ　あたしね、ほんとにやめようと思ってたのよ――婚約発表。
吉平　……。
リエ　でも、誤解しないで。女との浮気がどうとかじゃないの。そんなのは口実。
吉平　……。
リエ　小島吉平くん――よね？
吉平　（うなずく）
リエ　あなた何も知らないと思うから言うけど。
吉平　……。
リエ　あたしの父、兄が先生してる大学の理事長なの。

吉平　へえ。

リエ　最高のカップルよ、大手建設会社の一人息子と大学の理事長の一人娘は。なんでかわかる？

吉平　いいえ。

リエ　最高の得意先だもの、大学は——建設会社にとって。

吉平　（何となく理解して）……。

リエ　だからってあの人のこと嫌いじゃないの。好きよ、誰より。

吉平　……。

リエ　けど、残念ながらあの人、あたしの夢には何の興味もないのよ。

吉平　夢？

リエ　あたしね、絵が大好きなの。他人のを見るのも、自分で描くのも。

吉平　はあ。

リエ　褒めてくれたでしょ、あたしの家に来た時。あたしの描いた絵。

吉平　（うなずく）

リエ　今は父の関係の大学で働いてるけど、あたし、将来は子どもたちに絵を教える仕事がしたいの。

吉平　……。

リエ　そう言ったら、彼、何て言ったと思う？

吉平　さあ。

リエ　「結婚した女は、余計なことを考えずに主婦をやれ」——。

吉平　……。

リエ　あんな時代錯誤野郎とは思わなかった。
吉平　……。
リエ　その揚げ句が、自分の身勝手で――こんな（身代わり）こと。
吉平　……。
リエ　あたしの気持ちなんて全然考えてないのよ。
吉平　……。
リエ　ふふ。ごめんね、他人のあなたに、こんなこと。（と飲む）
吉平　……。
リエ　一人でしゃべり過ぎた。何か話して。
吉平　……やめようって思ってたって――さっき。
リエ　何を。
吉平　だから――婚約発表。
リエ　ええ。
吉平　けど、発表していいと思うようになった、と。
リエ　そう。
吉平　なんでですか。
リエ　……ま、一種の復讐かな。ふふ。
吉平　復讐？
リエ　発表だけだもの。それから婚約破棄した方がアイツ傷つくでしょ。
吉平　……。
リエ　それに堀江さんがあんなに熱心にあたしたちの世話やくのは、祝福だけじゃないわ。華

吉平　を添えたいの、パーティーに。つまり、明るい話題とあなたのすばらしい演説でお偉いさんたちをこっちの味方につけたいってことよ。
リエ　……。
吉平　何よ、そんな顔して。そんなこともわからないでこの仕事を引き受けたの？　だとしたら、とんだ甘ちゃんね。ふふ。
リエ　言葉返すようだけど。
吉平　何？
リエ　オレは、よくないと思う。
吉平　何が。
リエ　復讐なんてつもりで婚約発表しても。
吉平　……。
リエ　誰よりも好きなんでしょ。なら、なんで話し合いをちゃんとしないんですか。あの人も――俊人さんもあなたのことちゃんと愛してるなら、そんなの二人でがんばれば乗り越えられますよ。
吉平　……。
リエ　貧乏劇団の若造にこんなこと言われたくないかもしれないけど。
吉平　……飲まないの？
リエ　ほんと言うと下戸なんです。
吉平　……そう。
リエ　ちょっと飲んだだけでクラクラしてる。ハハ。
吉平　楽しい？

吉平　え？
リエ　劇団――お芝居。好きじゃなきゃやってられない世界よね。
吉平　まあ。ハハ。
リエ　そうそう、あの人、あなたの代わりに舞台に出ることになってるらしいじゃない。ちょっとした見物よね。
吉平　ですね。
リエ　あ、「自分よりうまくやったらどうしよう！」って思ってる。
吉平　当たりです。
リエ　ハハハハ。
吉平　ハハハハ。
リエ　……さ、休憩は終わり！（と写真立てを元に戻し）あいつがあっちの舞台で頑張るなら、あなたはこっちの舞台で頑張ってよ。
吉平　いいんですか、頑張っても？
リエ　いいわよ。
吉平　復讐のために頑張るのは嫌ですよ。
リエ　（うなずく）

とそこに警備員の門馬が来る。

門馬　あ、失礼しましたッ。電気がついていましたから。
吉平　すまないね、遅くまでいて。

門馬　いえ。
吉平　あ――こちらは僕の婚約者だ。
門馬　（敬礼して）警備員の門馬でありますッ。この度はご結婚されるそうで、おめでとうございますッ。
リエ　ありがとう。
門馬　ではッ。

と行こうとする門馬。

リエ　待って。ショータイムよ。少しの間だけ見てて、そこで――あたしたちを。
門馬　はあ。
リエ　（手を出して）あの人、ダンスうまいのよ。
吉平　へえ。
リエ　エスコートしてみて、お金持ちの御曹司らしく。
吉平　ハイ――では、お姫様。

とリエと手を取って踊りだす吉平。
マスターが歌を歌い出す。

マスター　もしも　彼に出会う前に　あなたと出会っていたら
あなたのこと　好きになっていたかしら

もしも　何かの偶然がいたずらして　あなたと出会っていたら
彼のように　あなたを愛することができたかしら
彼と同じあなた　彼と違うあなた
彼と同じあなた　彼と違うあなた
もしも　彼に見つめられる前に　あなたに見つめられていたら
あたしも　あなたを見つめ返せたかしら
もしも　神様が気紛れで　あなたをプレゼントしてくれたなら
彼のように　あなたを愛することができたかしら
彼と同じあなた　彼と違うあなた
彼と同じあなた　彼と違うあなた

舞台の片隅で、そんな二人を見ている門馬。
闇に消える吉平とリエ。

10　木島の思い

マスター、舞台前方へ来る。

マスター　大きな拍手、ありがとうございます。（咳払いして）さて、こっちの世界のアイツが思い悩むのと同じように、あっちの世界のアイツもいろいろ思い悩むのでございます。

とマスターは去る。
劇団の稽古場――夜。
俊人が一人で稽古している。

俊人　このままでいいのか、いけないのかそれが問題だ――。

とそこへ木島がやって来る。

木島　熱が入ってるな。
俊人　あ――どうも。静香さんは？
木島　さっき帰ったよ。飲み代、全部出すって言うから慌てたぜ。ま、半分出してもらったけど。

俊人　いいじゃないですか、全部出してもらえば。

木島　そうもいくかよ。座長の面子もあらあ。

俊人　はあ。あ、すいません、遅くまで——ココ使っちゃって。

木島　いいんだよ、鍵さえちゃんとかけて帰ってくれれば。

俊人　何か忘れ物ですか。

木島　いや、少し二人だけで話そうと思ってよ。

俊人　はあ。

木島　テメーで言い出しといてアレだけど、あいつらの前で芝居するのに少し疲れた。

俊人　まったく。ハハハハ。

木島　……なんでだ。

俊人　ハイ？

木島　なんでこんな馬鹿げたことを。

俊人　はあ。

木島　まあ、あんだけでかい人の集まりだ。そりゃいろいろあるんだろうけど。

俊人　……。

木島　ま、組織の頭はどこもかしこも辛いもんよ。

俊人　……。

木島　「このままでいいのか、いけないのかそれが問題だ」——。

俊人　……。

木島　オレも今まで生きてきて、何度、この台詞をつぶやいたことか。

俊人　……。
木島　さすがシェイクスピア大先生は、人間のことよーくわかっていらっしゃる。
俊人　……。
木島　特訓してるそうじゃねえか。
俊人　え？
木島　あんたの身代わりだよ。
俊人　ああ――。
木島　いいのかよ。あっちをあんな頼りのねえヤツに任せっぱなしで。
俊人　はあ。
木島　こう言っちゃナンだが、オレたちの芝居はせいぜい五十人も入りゃいっぱいの小劇場での公演だが、あっちの芝居は、いろんなトコからやって来るお偉いさんが席を連ねる大劇場での公演だろう。

俊人　（うなずく）
木島　失うものもでかいぞ、きっと。
俊人　……。
木島　すげえ美人だそうじゃねえか。
俊人　ハイ？
木島　あんたのコレ（小指）――婚約者だよ。
俊人　ハハ。そんなことないですよ。
木島　妬（や）けねえのか、別の野郎と彼女がアレして。
俊人　……別に。

木島　オレも悪ふざけは大好きな方だから、お前の提案にホイホイのったけどよ。少しは考えてやれよ。
俊人　何をですか。
木島　彼女のことだよ。お前がこんなことしたせいで、傷付く人もいるってことをよ。
俊人　（うなずく）
木島　ところで、どうだ。貧乏劇団の世界は？
俊人　はあ。
木島　金のねえ馬鹿が雁首揃えてて、びっくりだろ。
俊人　まあ。けど、不思議なもんだなって思って。
木島　うん？
俊人　オレの住んでた世界のすぐ近くに、こんな世界があっただなんて。今まで想像もしませんでした。
木島　……。
俊人　そりゃ確かにお金はあった方がいいのかもしれないけど、オレのいた世界には絶対にない何か――それが何なのかよくわかんないけど、あるって言うか。
木島　ハハ。そんな大したもんはありゃしねえよ。
俊人　……。
木島　まあ、いいや。練習の邪魔したな。鍵だけ頼むぜ。（と行こうとする）
俊人　あの――。
木島　（止まり）あン。
俊人　……いや、すいません。何でもありません。――いろいろありがとうございます。（と

（深く頭を下げる）

木島　馬鹿ッ。大会社の御曹司がこんなけちなオヤジに頭なんか下げるんじゃねえッ。

俊人　……。

木島　ハッピーバースデー・トゥ・ユー～。

と歌いながらその場を去る木島。

マスター　どうでもいいことですが、音程外れてますよね、アレ。

舞台に一人残る俊人。

俊人　このままでいいのか、いけないのか――それが問題だ。

とつぶやいてその場を去る俊人。

マスター　夏の終わりの同じ日のほのぼのとした二つの夜。それぞれの世界の二人は、それぞれの思いを胸に家路につきます。しかし、三つ目の夜は、こんな風にほのぼのとはしていません。

11 最高のスキャンダル

舞台前方に出てくるマスター。

マスター　舞台はその日の同時刻、羽村建設近くの風の強い公園です。

とマスターは去る。
羽村建設近くの公園。
草木が風に揺れる音。
舞台中央にベンチがひとつ。
そこに黒沢と諸岡と美鈴がいる。
黒沢はベンチに座って報告書を読んでいる。

黒沢　つまり――。
諸岡　ああ。
美鈴　そうなんです。
黒沢　俊人は――。
諸岡　その通り。

美鈴　言った通りでしょ。

　　諸岡、煙草を吸おうとする。

黒沢　この公園は禁煙だ。
諸岡　……。（煙草をしまう）
黒沢　（報告書にある写真を見て）これは誰だ。
諸岡　前に言った劇団の男――名前は小島吉平。
黒沢　ふーむ。
美鈴　（手を挙げて）あたしに任せてくださいッ。
黒沢　どうするつもりだ。
美鈴　ビラをバラまくんですよッ。「坊っちゃんは偽者！」「貧乏劇団員の策略！」「ひどい裏切り行為！」――。会社のあっちでバアーッ、こっちでバアーッとッ。そうすれば、こりゃもう大騒ぎですッ。ざまあみろってもんですよッ。ハハハハ。
黒沢　美鈴くん。
美鈴　ハイッ。
黒沢　やけにテンション高いけど何かあったのか。
美鈴　わかりますかッ。
黒沢　ああ、よくわかる。なあ。
諸岡　うむ。
美鈴　あのリエとかいう婚約者をギャフンと言わせてやりたいんですッ。

黒沢　ほう。
美鈴　あの女、あたしの前で坊っちゃんと腕組んで澄ました声で「何か冷たい飲み物でもお願い」――ざけんなッ、コラ！　あたし、あの女に飛び蹴りしたい欲望をぐーっと抑えるの大変だったんですッ。
黒沢　そうか。そりゃよく耐えたな。
美鈴　ありがとうございますッ。
黒沢　わたしは君のことを誤解してたみたいだ。
美鈴　と言いますと？
黒沢　ほんとはよくしゃべる女だったんだね。
美鈴　ハイッ。しゃべりますッ。
黒沢　（諸岡に）よく調べてくれた。
諸岡　このくらいお手の物だ。ふふ。
美鈴　じゃあ、行ってきますッ。

と行こうとする美鈴。

黒沢　行かなくていいッ。
美鈴　でも――。
黒沢　中傷ビラはいいんだッ。頭を使え、頭をッ。
美鈴　どういうことですか？
黒沢　だから――。

諸岡　そんな手間をかけなくても、もっといいテがあるってことだよ。
美鈴　え？
諸岡　偽者はこのまま泳がしておいた方が面白いってことだよ。
美鈴　え？
諸岡　偽者を最も効果的に暴くにはどんな場所がいい？
美鈴　どんな場所？
諸岡　ああ。
美鈴　（考える）……。
諸岡　うん？
美鈴　わからないや。エへ。（と可愛く笑う）
黒沢　その通りだ。
諸岡　（見る）
黒沢　恥をかかすのは、狭い楽屋じゃなくでかい舞台の方がいい。
諸岡　ふふふふ。
黒沢　ふふふふ。行こう。行きつけの店で作戦会議だ。
諸岡　ああ。（と煙草を出す）
黒沢　ここは――ま、いいかッ。吸え吸えッ。ハハハハ。
諸岡　（煙草を吸って）ぷはーッ。ハハハハ。

とその場を去る二人。

美鈴　待ってッ。あたしも連れてってくださいッ。

とそれを追う美鈴。

それを見ていたマスター。

マスター　この場面に関しては、何も言うことはありません。

12　自分との再会

と舞台前方に出てくるマスター。

マスター　そして、いよいよ翌日に創立記念パーティーと公演を控えた夜。二人の王子は、ある場所で再会します。吉平と俊人が出会った日から数えて十三日目――場所は深夜の劇団の稽古場です。

と雨の音が聞こえてくる。

マスター　（上を見上げて）降ってきましたな。

とその場を去るマスター。
雨――。
とそこに堀江がやって来る。
続いて木島。
堀江、鼻を押さえて稽古場を見渡す。

木島　汚いから全然区別つかないのはよくわかるけど。
堀江　ハイ？
木島　一応、ここ土足厳禁。
堀江　そうですか。

と言うが靴は脱がない堀江。

木島　話聞いてる？
堀江　聞いてます。坊っちゃんは？
木島　（顎で示す）

そこへ俊人がやって来る。前とは違う色のTシャツ。

俊人　どうも。心配かけたね。ハハ。
堀江　行きましょう。

と俊人の手を取って行こうとする堀江。

俊人　何なにッ。
堀江　こんなトコに坊っちゃんを置いておくのはとても耐えられません。
木島　どういう意味だよ、こんなトコって。

堀江　言葉通りの意味です。それに劇団の主宰者とかいう男がどんなヤツかと思ったら――こんな男です。
木島　悪かったな、こんな男で。
堀江　（木島の匂いを嗅ぐ）
木島　どんな匂いがするって言うんだッ。こう見えても風呂には入ってるぞ！

そこへ吉平がやって来る。
半袖のシャツにネクタイ。片手にスーツを持っている。包帯はもうない。

俊人　よおッ。
吉平　……。

しばらく無言で見つめ合う二人。

俊人　元気そうじゃん。
吉平　まあ、ね。
俊人　治ったんだ――傷。（と右手を示す）
吉平　うん。
俊人　久し振り。
吉平　（うなずく）
俊人　で、何だよ、話って？

吉平　うん――。
俊人　あ、もしかしてパーティーを前に怖じ気付いたか。ハハハハ。
吉平　それはあなたのことじゃないですか。
俊人　何？
吉平　ひとつ聞きたいことが。
俊人　うん。
吉平　なぜこんなことを。
俊人　……言ったろう、楽しいからだって。
吉平　嘘つかなでください。
俊人　……。
吉平　ほんとは怖かったんじゃないですか。
俊人　……。
吉平　お父さんの後を継いで、あの会社の社長になることが。
俊人　……。
吉平　八五二三人の社員の生活を支えるトップになることが。
俊人　だったら何だ。
吉平　だったら――だったら、あなたがやり遂げてください。
俊人　……。
吉平　これはオレのじゃない。

とスピーチ原稿を差し出す吉平。

俊人　それは？
吉平　スピーチ原稿です——あなたの。
俊人　それは僕のじゃない——君のだ。
吉平　……。
俊人　オレのはコレ。

と尻のポケットから台本を出す俊人。

吉平　いいんですか。
俊人　何が。
吉平　これで——。
俊人　何言ってるんだよ。いいに決まってるじゃないか。
吉平　ずっとこのままでいられるわけじゃないんですよ。
俊人　……。
吉平　期限は明日までです。それが終わったら、また元の世界に戻るんです。
俊人　わかってるよ。
吉平　いいんですか、会社がどうなっても。
俊人　……。
吉平　後悔しないんですか、あなたのいるべき場所に自分がいなくて。
俊人　後悔するくらいならこんな仕事を頼みはしないさ。

吉平　……。
俊人　そもそも堀江も、オレより君に期待してるんだろう。だったら、君が頑張ればいいじゃないか。
吉平　そういう問題じゃありません。これはオレの人生じゃない、あなたの人生だ。そこから逃げることは絶対にできない。
俊人　もういい――。
吉平　そこから逃げてたら何も始まらないでしょう。
俊人　もういい――。
吉平　第一、敵前逃亡じゃないですか、これじゃッ。
俊人　黙れッ！

と大きな声を出してしまう俊人。

俊人　すまない。けど、文句を言いに来たなら帰ってくれ。
吉平　……。
俊人　頼んだ仕事は明日までだ。
吉平　……。
俊人　君はただそれをやり遂げてくれればいい。
吉平　……。
俊人　電話をもらった時、話すことないって言ったよな。
吉平　ええ。

俊人　あれは嘘だ。
吉平　え？
俊人　お礼が言いたかった。
吉平　……。
俊人　お気楽な金持ちの道楽に付き合ってくれて――こんな馬鹿なこと。
吉平　……。
俊人　ありがとう。（と手を差し出す）

吉平、俊人に背を向ける。

俊人　とても、そんな気分じゃないか。
吉平　握手は本番が終わってからにしてください。
俊人　じゃこれで。明日の本番、頑張ってくれ。（と行こうとする）
吉平　ひとつ伝言が。
俊人　うん。
吉平　リエさんからです。
俊人　ほう。けど、言わなくてもだいたいわかる――「馬鹿者ッ」って感じか。
吉平　いいえ。
俊人　じゃあ何だ。
吉平　「あたしは何をしようとあなたを応援してる。だから頑張って」と。
俊人　……。

吉平　（堀江に）行きましょう。
堀江　（うなずく）

その場を去る吉平。

堀江　自分からこんなことに荷担しておいて言うのもナンですけど、ひとつお願いが。
俊人　……。
堀江　帰ってきてくれませんか。
俊人　……。
堀江　坊っちゃん。
俊人　言った通りだ。あんな汚い世界に帰るつもりはない。
堀江　わかりました。坊っちゃんをよろしく――。

堀江、木島の匂いを嗅いでからその場を去る。

木島　嗅ぐな、人を！
俊人　すいません、ヘンなとこ見せちゃって。
木島　（堀江を真似て）「坊っちゃんをよろしく」――。
俊人　ハイ？
木島　どうも苦手なんだよな、ああいうネクタイ野郎は。
俊人　はあ。（と苦笑）

木島　じゃあな。

と行こうとして立ち止まる木島。

木島　そうそう。悩みながらも最後はやり遂げるんだがな、自分の決めた目的を。

俊人　……？

木島　ハムレットの話だけどな。

と言って、その場を去る木島。

俊人、反対側に去る。

マスター　かくして、束の間の間、まったく違う世界を生きた二人の若者は、それぞれの思いを胸にそれぞれの本番に挑むことになったのです。

13　それぞれの舞台

舞台の前方に出てくるマスター。

マスター　旅の終わりはもうすぐ目の前。その切なさをそれぞれの胸に、片や小さな小劇場の舞台の上、片や大きなホテルのパーティー会場――偽り(いつわ)の二人が、あらん限りの本物の感情とパッションで演じる二つの舞台の幕が、今まさに切って落とされるのでございますッ。果たして、その顚末はいかに!?

ここからは、俊人のいる小劇場の舞台と吉平のいる高級ホテル内のパーティー会場が交互に描かれる。

しかし、それぞれ二つの場所は、同一の空間に同居しているように描きたい。

マスターは、パーティー会場の司会者と劇中劇の王の亡霊を演じる。

音楽!

＊

劇場の舞台上。

ハムレットの扮装の俊人が剣を片手に走り出る。

マスターがマイクを持って現れる。

王の亡霊。――例えば、マントを羽織り、仮面をつけている。

マスター　待てッ。ハムレット～ハムレット～ハムレット～。（とエコー）

俊人　その声は――。

マスター　いかにもお前の父親、デンマーク王だ～王だ～王だ～。

俊人　父上ッ。

マスター　悪事を知られたクローディアスは、お前の行く手を阻み、亡き者にしようと刺客を放った～放った～放った～。

俊人　刺客を！

と四人の刺客（ジュン、トッポ、ゴリ、ナナ）が剣を構えて出てくる。

マスター　いかにも。それでも倒すか、父の敵（かたき）を～敵を～敵を～。

俊人　倒す――この手で、必ずッ。

マスター　よかろう。その覚悟があるなら行くがよい、自分の信じた道を。心してかかれい～かかれい～かかれい～。

俊人　うむッ。

俊人を囲む四人。

ナナ　ここから先は簡単には通さないよ。

ゴリ　行くぞ、ハムレット。お命頂戴！

　と俊人に斬りかかる四人。

　俊人と四人の激しい立ち回り。

　俊人、二人の刺客（ジュンとトッポ）を斬り倒す。

　ほどよいところでストップ・モーション。

＊

　パーティー会場。

　グラスを持った静香、リエ、高志が出てくる。

　少し離れたところに黒沢、諸岡、美鈴。

　続いて、堀江に連れられて吉平。

　みなワイングラスを持っている。

　司会者に変身するマスター。

マスター　（マイクで）では、常務取締役の黒沢様に乾杯の音頭をお願いします。黒沢様、よろしくお願いします〜します〜します〜。（とエコー）あ、失礼。

吉平　あらかじめ言っておきますが。

堀江　何だ。

吉平　オレは本番に弱い男ですッ。ハハハハハ。

黒沢　（マイクを持ち）では、僭越（せんえつ）ながらわたくし黒沢が、羽村建設の今後のご発展を祈りまして乾杯の音頭を取らせていただきます。乾杯！

人々　（グラスを掲げて）乾杯！

会社の人々、それぞれにワインを飲む。
舞台隅に出てきて警備する門馬。

＊

劇場の舞台上。
ゴリを斬り倒す俊人。

俊人　このままでいいのか、いけないのか――それが問題だ。
マスター　（マイクで）ハムレット、後ろだ〜後ろだ〜後ろだ〜！

ハッとして振り返るとナナが俊人に襲いかかる。
それをかわす俊人。
俊人とナナの激しい立ち回り。
と二人はストップ・モーション。

＊

パーティー会場。
黒沢の近くにいる諸岡と美鈴。
美鈴、酒を一気に飲む。

黒沢　飲み過ぎじゃないのか。

美鈴　何かこれから真実がここで暴かれると思うと興奮しちゃって。アハ。
諸岡　バーボンはないのか。
黒沢　ない。
マスター　（マイクで）続きまして、来賓のご挨拶です。政府のえらーい人です。政府のえらーい人、よろしくお願いしますッ。

＊

劇場の舞台上。
ナナを斬り倒す俊人。
ほどよいところでストップ・モーション。

＊

パーティー会場。
黒沢が吉平にワイン・ボトルを持ってくる。

黒沢　さ、坊っちゃん。どうぞ、もう一杯。
吉平　いや、酒は余り飲めないんで。
黒沢　ハハハハ。そんな御冗談を。赤ワイン好きで知られる坊っちゃんが。ささ、ぐーっと。
吉平　（堀江に助けを求め）……。
堀江　（「飲め」と合図）

吉平、仕方なくワインを飲む。

マスター　（マイクで）ハイ、ありがとうございましたッ。続きまして民間企業の大株主の挨拶です。大株主の人、よろしくお願いしますッ。

＊

劇場の舞台上。

マスター　（マイクで）よくやった～よくやった～よくやった～。わたしを殺した悪逆非道の王はもう目の前だ～前だ～前だ～。

俊人が行こうとすると、剣を持ったレアティーズ（ジュン）が現れる。

ジュン　やるな、ハムレット。
俊人　レアティーズ――。
ジュン　しかし、ここまでだ。愛しい妹オフィーリアの敵（かたき）ッ。

俊人とジュンの立ち回り。
ほどよいところでストップ・モーション。

＊

パーティー会場。
黒沢が堀江に声をかける。

黒沢　どうですか、調子は？

堀江　絶好調です。

黒沢　楽しみにしてますよ、スピーチ。

高志　期待しててください、ねえ。

吉平　そだね。ハハハハ。（とワインを飲む）

マスター　（マイクで）ハイ、ありがとうございましたッ。続きましてメイン・バンクの頭取のご挨拶です。頭取、よろしくッ。

＊

劇場の舞台上。

俊人とジュンの立ち回り。

トッポの剣が俊人の肩をかすめて傷を負わせる。

俊人　ぐわッ。

とストップ・モーション。

＊

パーティー会場。

吉平、ふらふらする。

堀江　大丈夫か。
吉平　慣れないいいワイン飲んだからちょっと。
堀江　しっかりしろ！

吉平に水を飲ませる堀江。

＊

劇場の舞台上。
ガクンと片膝をつく俊人。

マスター　しっかりしろッ、ハムレット！

と、クローディアス役の木島が出てくる。
王冠を頭につけたデンマーク国王。

木島　何をしているッ、早く、早くそいつを殺せ！

それを追って王妃ガートルード役の岡村。

岡村　やめてくださいッ。気でも違われましたかッ。ハムレットはわが子ですッ。
木島　えーい黙れッ、ガートルード！

と岡村を振り払う木島。
倒れる岡村。
と、目の前にあったワイン（パーティー会場のもの）を飲む。

木島　何をする！　それは毒の入った酒だ。
岡村　うぅーーーーーッ。（と苦しんで倒れる）
俊人　母上！（と駆け寄る）
岡村　……許してください、ハムレット。道を誤った哀れな母を。

と息絶える岡村。

俊人　母上ーッ。
木島　ふふふふ。何をしてる、早くそいつを殺せ！
ジュン　死ねえッ、ハムレット！

俊人に襲いかかるジュン。
とストップ・モーション。

*

パーティー会場。
黒沢と諸岡が密談している。

黒沢　ふふふふ。
　　それを見ている高志とリエ。
高志　（諸岡を見て）誰だよ、あれ。
リエ　さあ。
吉平　ア、エ、イ、ウ、エ、オ、ア、オッ。
　　と発声練習をする吉平。
　　その口を押さえる堀江。
堀江　落ち着けッ。
吉平　すいません。今さら言うのもナンですが。
堀江　ですが何だ。
吉平　だんだん自信なくなってきました。ハハハハ。
リエ　大丈夫。あなたならできる。（と吉平の手を握る）
高志　できるッ。（と吉平の手を握る）
マスター　（マイクで）ハイ、ありがとうございましたッ。続いて羽村建設の傀儡（かいらい）社長のご挨拶です。よろしくお願いします。みなさんで「かいらーいッ」と叫んでくださいッ。せえの――。

＊

ジュンを斬り倒す俊人。

木島に迫る俊人。

木島　ままま待てッ。話せば——話せばわかる。

逃げようとする木島。

その道を塞ぐホレイショー役のトッポ。

トッポ、木島を摑まえて俊人の前へ。

木島　ゆゆゆ許してくれッ。

俊人　いいや、許さぬッ。悪逆非道のデンマーク王ッ。

と木島を刺し殺す俊人。

木島　ぐおーッ。

と木島が死んで舞台から去る。

＊

パーティー会場。

その場に座り込んでしまう吉平。

堀江　どした。
吉平　何か気持ち悪い。

それを介抱する会社の人々。

＊

劇場の舞台上。
崩れ落ちる俊人。
それを支えるトッポ。

俊人　ホレーショー……オレはもうダメだ。
トッポ　何を言われますッ。
マスター　（マイクで）頑張れ、ハムレット〜ハムレット〜ハムレット〜。

＊

吉平　堀江さん、オレはもうダメです。やっぱりできません。
堀江　何を言うんだッ。
マスター　（マイクで）頑張れ、吉平〜吉平〜吉平〜。

＊

俊人　いいんだ、これで。

＊

吉平　いいんだ、これで。

堀江　全然よくないぞッ。

＊

俊人　願わくば、伝えてくれ。少しでも、ハムレットのことを思う気持ちがあるならば。……この哀れな王子の物語を。

トッポ　ハムレット様ッ。

＊

吉平　願わくば、伝えてくれ。少しでも、わたしのことを思う気持ちがあるならば。……この哀れな役者の物語を。

堀江　絶対イヤですッ。

＊

俊人　さらばだ。あとは――沈黙。（と息絶える）

＊

吉平　さよなら。僕は――撃沈。（と気絶する）

堀江　起きろッ。馬鹿ーッ。（と吉平の頬を叩く）

マスターがパーティー司会者として出てくる。

マスター　（マイクで）では、ここで、少しご歓談の時間をいただきまして、その後、映像によ る「羽村建設の七十年の歴史」をご覧いただきますッ。トイレに行かれる方は今のうちどうぞッ。

と俊人を連れてその場を去るトッポ。
と吉平を連れてその場を去る堀江ら。
黒沢たちもその場を去る。

＊

劇場楽屋付近。
木島が俊人を引っ張って出てくる。

俊人 何ですかッ。まだカーテン・コールが——。
木島 まだ間に合う。
俊人 え？
木島 坊ちゃんの演説にだッ。オレのカワサキZRでぶっとばしてパーティー会場まで十五分ッ。
俊人 けど——。
木島 ガタガタ言うなッ。お前の仕事はまだ終わってねえんだッ。
俊人 ……。
木島 行くのか行かねえのかハッキリしろ！

とそこに岡村がヘルメットを二つ（片方はヘンな色）持って走って来る。

岡村 バイク、劇場前に回しておきましたッ。
木島 いいか、よく聞け。ここでオレのバイクに乗るか、乗らねえか——それがお前の人生の

俊人　分岐点だッ。（ヘンでない方のヘルメットを取って）……行きましょう。

　　と走り去る俊人。

木島　……よしッ。お前もアイツら連れてすぐ来いッ。

　　とヘンな色のヘルメットを取って俊人を追う木島。

　　反対側に去る岡村。

14　最後の演説

パーティー会場。

マスター（司会者）が出てくる。

マスター　ハイッ。さすが七十年の歴史の重みを感じさせる羽村建設の歩みでしたッ。「いやあ、お金をかけるとほんと凄いものができますねッ」と感嘆するCGによるショーアップされた映像でしたッ。どうもありがとうございましたッ。

一度、去った会社の人々が拍手しながら再び出てくる。

マスター　えー楽しく過ごしてきた羽村建設創立七十周年記念パーティーではございますが、パーティーもそろそろお開きの時間がやって参りました。最後になりますが、ここで、現常務取締役である羽村俊人様よりご挨拶をいただきたいと思います。言うまでもなく、俊人様は前社長であります羽村周平様のご子息で、これからの羽村建設を背負う人材でございます。では、俊人様、よろしくお願いいたします。

会社の人々、拍手する。

と、舞台の真ん中に吉平が出てくる。
司会者のマスター、マイクを用意する。
マイクの前に来る吉平。
人々、それを固唾を飲んで見守る。

吉平　……ご紹介いただきました羽村俊人です。みなさん――。

と言って絶句する吉平。

リエ　どうしたのッ。頑張ってッ。
吉平　すいません、ちょっと酔っ払ってしまって――ハハハハ。
堀江　(頭を抱える)

と、吉平の近くに歩み寄る黒沢。

吉平　なな何ですかッ。
黒沢　お話の途中にすいません。しかし、その前にみなさんにどうしてもお伝えしておかなければならないことがあるんです。
堀江　黒沢さん、何を――。

と進み出る堀江。

黒沢　堀江さん、悪いが黙っててもらえますか。
堀江　（その迫力に気おされて）……。
黒沢　世の中に信じられないことは数多くありますが、わたしは今、ここに驚愕の真実をみなさんにお伝えしなければなりません。あらかじめ言っておきますが、わたしは気が狂ったわけではありません。さて、みなさん。みなさんは、ここにいらっしゃる方を誰だとお思いになりますか。

動揺して堀江にすがるリエと静香。

黒沢　羽村俊人――先代の社長の一人息子。前社長の遺言によれば、羽村建設をその双肩に担ってほしい新社長候補。しかし、彼は羽村俊人ではないのですッ。

堀江、リエ、静香は押し黙る。
諸岡と美鈴はニヤニヤと笑う。
びっくりする高志と門馬。

黒沢　では、誰か？　ハハハハ。驚いてくださいッ。この男は羽村俊人とは何の関係もない貧乏劇団の名もない役者なのですッ！

と吉平を指差す黒沢。

高志　そんな馬鹿な。ハハハハ。
人々　……。
高志　（人々の反応を見て）ホントなの⁉
黒沢　いかがですか、偽坊っちゃん。白を切るのは構いませんが、あなたが羽村俊人でない証拠は――（とファイルを出して）ここに。
吉平　……。

木島がツカツカと舞台へ上がる。

門馬　何ですか、あなたッ。勝手に入らないでくださいッ。

と木島を制止する門馬。

木島　ええい、放せッ。

と門馬を振り切る木島。

木島　オラの大切な畑をぶん取って、あーんなでっかいビルおっ立てよって！

と舞台で使ったナイフを取り出す木島。

木島　ゆゆゆ許せん！

と吉平に突進する木島。

木島　おのれッ。吉良クローディアスのすけッ。先般の遺恨、忘れたかあーッ。

と吉平に切りかかる木島。
進み出て木島をはがいじめにして止める堀江。

堀江　殿中でござるッ。殿中でござるッ。
木島　お止め申すなッ。武士の情けだッ。
堀江　殿中でござるッ。殿中でござるッ。
木島　お止め申すなッ。武士の情けだッ。

堀江、木島を殴り倒す。

木島　くそーッ。（と泣く）
堀江　（門馬に）連れてけッ。
門馬　ハ、ハイッ。

門馬、木島を連行して隅に連れて行く。

堀江 大丈夫か。
吉平 ハイ。

堀江、マイクの前に行く。

堀江 お騒がせいたしました。もう大丈夫です。

と会場を見渡す堀江。

堀江 みなさん、黒沢常務の言ったことは本当です。しかし、それは訳あってのことです。

それを見ていた高志とリエ。

高志 どーいうことッ。ねえッ。どーいうことなんだよ、これはッ。
リエ もーうるさいッ。

それを見ていた美鈴と諸岡。

美鈴 どーいうことなの、これはッ。話がちがうじゃないッ。ねえッ。

諸岡　もーうるさいッ。

マイクの前の堀江。

堀江　彼はいかにも俊人さんではありません。なぜなら彼は、こういう事態を想定した上でわたしが雇った――影武者だからですッ。（吉平に）ご苦労様。

吉平　……いえ。

堀江　本当の俊人坊っちゃんは――。

と舞台の一隅を見る堀江。

スーツ姿の俊人が現れる。

舞台に進み出る俊人。

堀江をはさんで舞台に立つ俊人と吉平。

人々　（固唾を飲んで）……。

堀江、引き下がる。

片方は貧乏劇団の役者。

片方は大会社の御曹司。

けれど、瓜二つの二人――。

俊人　（吉平を見て）……。

吉平　（俊人を見て）……。

吉平、スピーチ原稿を渡す。

マイクの前に行く俊人。

俊人　……みなさん。……何を話せばいいのかな。

なかなか言葉が出てこない俊人。

人々　……。

一言一言をかみしめるように話し始める俊人。

俊人　本来は、この会社の未来について話をするべきなんでしょうが、別の話をせてください。それだけ、この二週間は、わたしにとって貴重な時間だったからです。……とある事情でわたしは、身分を偽り、この人の劇団で時間をすごしました。親の七光りで会社に重役として受け入れてもらい、会社の未来など余り真剣に考えたことのないわたしには、とても刺激に満ちた有意義な時間でありました。

と岡村を筆頭にした劇団員たちの姿が俊人に見える。

俊人　岡村さん、お握りうまかったです。

岡村、うなずく。

俊人　わたしは、不安でした。怖くもありました。実社会での経験も乏しいただの青二才です。そんな男に親父の後を継いでこの会社を引っ張っていく力があるかどうか――。

聞いている人々。

俊人　わたしのそんな本心を見抜いて、わたしの心優しい友人はこう言ってくれました――「それは敵前逃亡だ」と。

と吉平を見る俊人。

俊人　その通りだと思いました。わたしは、父たちが作り上げてきたこの会社から――いや、そこでしか生きていけない自分の人生から逃亡したかったんです。

聞いている人々。

俊人　敵はどこにいるか？　宇宙人？　隣の国？　この社会？　ちがいます。――ここです。

と自分の胸を示す俊人。

俊人 敵は、ここにいるのです。猜疑心（さいぎしん）、嫉妬、権力欲、傲慢、怒り、他人を出し抜こうとする気持ち——そして、臆病さ……。

聞いている人々。

俊人 わたしは、心優しい友人がそう言いたかったにちがいないと思いました。

吉平 ……。

俊人 わたしたちの世界に未来はあるのでしょうか？　わたしが知る限りにおいて、建設の世界の未来はとても薔薇色とは思えません。問題は山積みであります。しかし——しかし、少なくともあきらめたら、少なくともわたしたちが前進するその気持ちをなくしたら、わたしたちとわたしたちの子どもたちは、決して明るい未来を手にすることはできないでしょう。

大きくうなずくリエ。

俊人 わたしにもし力があるとすれば、それは、その力が残っているということです。

聞いている人々。

俊人　父の死後しばらくしてから、わたしはとある事実を知りました。その事実とは、決して見過ごしてはならないわが社の汚点です。

と黒沢を見る俊人。

俊人　その汚点が何なのかをここで言うことは控えますが、どんな理由があろうとも不正は不正です。この事実が明るみに出れば、痛手は小さくはないでしょう。しかし、わたしは、それを糺し、信頼回復のために最大限の努力を怠らない所存であります。わたしは、亡き父の一人息子として——いや、みなさんの上に立つ人間として、羽村建設の再生を目指して、邁進しようと思い至りました。そんな苦難を乗り越えて、わたしたちの世界に希望のある未来のあることを。

聞いている人々。

俊人　最後に、そんなわたしを励ましてくれた婚約者、奥井リエさんと心優しい影武者——劇団「血風過激団」の小島吉平くんに心から感謝します。

堀江が舞台にリエを出す。

俊人　ありがとう。

とリエと握手する俊人。
堀江、吉平を前に出す。

俊人　ありがとう。

と吉平に手を差し出す。

吉平　……。

吉平、その手を取って握り返す。
人々、拍手する。
美鈴も感動して拍手する。
黒沢は、呆然としている。

諸岡　「勝負あり！」ってとこか。

諸岡、黒沢の肩をポンと叩いて出て行く。
堀江が木島に握手を求める。

木島　（俊人に）苦手なんだよ、ああいうネクタイ野郎は。

俊人、木島を押し出す。

堀江　ご協力に感謝します。

堀江と木島、握手する。
とマスターに促されて俊人がリエの前へ来る。
俊人、リエの手を取ってダンスを踊る。
それを見ていた人々は去る。
踊り終わってリエは去る。
舞台に残る俊人。

エピローグ　旅の終わり

舞台前方に出てくるマスター。

マスター　かくして、俊人は本来の役目を果たし、会社へ復帰。吉平は掃除のバイトと芝居の稽古に明け暮れる日々に戻りました。

元の姿になった吉平が出てくる。
舞台前方の架空の鏡の前に出てくる俊人と吉平。
髪型を変える二人。
スーツにネクタイ姿の俊人。
Tシャツにジーパン姿の吉平。
その後ろに警備員の門馬が出てくる。

門馬　（敬礼して）行ってらっしゃいませッ。

二人、行こうとして立ち止まる。

吉平　君は人を見掛けで判断しないよな。
門馬　もちろんです。
俊人　よろしい。君は昇進だッ。
門馬　ありがとうございますッ。ヤッター！

門馬、走り去る。
二人、そのまま走り去る。

マスター　長々とお付き合いくださいましてありがとうございます。旅の終わり――いや、新しい旅の始まりと言った方がいいでしょうか。エンディングでございます。

と頭を下げるマスター。
音楽！
と吉平が出てくる。
続いて俊人が出てくる。
二人は歌をうたう。

二人　もしも　君と出会わなかったら
僕はどんな人になっていただろう
もしも　君と出会わなかったら
僕は今ごろ　どこで何をしていただろう

君と出会ったことが　僕の人生の宝物
君と触れ合ったことが　僕のこころの財産
悲しみも　失敗も　君がいればへっちゃら
喜びも　成功も　君がいれば倍増
今も　こうして僕はこの場所で　いつものように歌ってる
君に会えて　最高
君に会えて　よかった

と人々が歌いながら出てくる。
そのカーニバルのような賑やかさ。
人々は踊りながら歌う。
俊人と吉平は、それぞれ舞台中央に歩み寄り、真ん中で行き違う。
と、その瞬間に衝撃音。
一瞬、すべての動きが止まる。
二人、ふと後ろを振り返り、それぞれの顔を見る。
俊人と吉平は、今度はお互いににっこりとほほ笑み、軽く敬礼する。
と、すぐに歌が再開されて人々は歌い出す。
人々の歌と踊り。
そのままカーテン・コールへ。

〔参考・引用文献〕
『王子と乞食』（マーク・トウェイン作／岩波文庫）
『ハムレット』（ウィリアム・シェイクスピア作　小田島雄志訳／白水社）

旅の途中

作／高橋いさを

［登場人物］

沢木（私立探偵）

田所ヤスコ（ボスの元愛人）

延岡友也（ヤスコの恋人／役者）

山崎学（友也の先輩／詐欺師）

哲郎（山崎の助手）

秋吉みな（山崎の婚約者）

中村（暴力団構成員）

プロローグ

この物語は沢木の回想という形式で描かれる。

舞台は、「沢木の事務所」「新幹線ホーム」「ホテルのロビー」「山崎の部屋」などさまざまな場面になる。

ソファとテーブルの置かれた基本舞台。

それを取り囲むように一段低い場所に何もないサブ・エリアがあり、野外の場面はサブ・エリアを使用する。

ゆえに舞台装置は抽象的なものが望ましい。

＊

開演時間が来ると、一人の男が登場。

コートを羽織ったスーツ姿のノーネクタイの男――私立探偵の沢木である。

沢木は旅行用のキャリーバッグを引いている。

手にはサッカーボール。

そこは東京郊外にある墓地のとある墓の前。

二月のある日の午後――。

木々の葉のざわめきと鳥の声など。

沢木は架空の墓に手を合わせる。

沢木は、すでにこの世にはない「先輩」に語りかける。

沢木 お久し振りです、先輩。久し振りに会いに来ましたよ。オレはまだ何とかこうして生きてます。あ、花も線香も持ってこなくてすいません。墓参りなんてがらじゃないですけど、今日はちょっと先輩に話したいことがありまして――あ、これ？

とキャリーバッグを示す。

沢木 これからまた出張なんです、地方へ。その途中にここへ寄ったってわけです。……オレは相変わらず独身者（ひとりもん）です。ハハ。仕事は――まあ、ボチボチです。あんまり景気のいい時代じゃないもんで大繁盛ってわけじゃないけど、食うに困るってほどじゃありません。オレの仕事は、大半は男と女の色がらみのトラブルの依頼が多いですけど、ご存知の通り男と女と一括りに言っても千差万別、十人十色。何一つとして同じもんはありません。ですから話そうと思えば、いくらでもこっちの世界の馬鹿野郎たちのすったもんだを話すことはできますけど、今日は是非とも先輩に報告しなきゃならないことがあるんです。

沢木、位置を変える。

沢木 そうそう。先輩はずっと前にこう言ったのを覚えてますか。この仕事を続けていくための秘訣のことです。先輩はこう言いました。「プロの極意は、仕事で出会う人間に決して深く関わらないことだ」――どこだったか忘れたけど、どっかで飲んでる時だったような記憶があります。まったくその通りだなって、今回、身に染みてその言葉の意味がわかったような気がしますよ。これからオレが先輩に話すのは、オレが引き受けたとある依頼の顚末です。うまく話せるか自信ないですけど、先輩にも関係のある話なんでどうか最後までちゃんと聞いてくださいよ。事の起こりは、今年の二月、オレの探偵事務所に一人の男がやって来たことから始まります。

と沢木はキャリーバッグを引いて去る。

1　中村の依頼

舞台は沢木の経営する探偵事務所の一室。
応接のための部屋。ソファとテーブル。
そこに一人の男が座っている。
見るからにカタギでない印象の男――中村。
中村は右手の小指に包帯を巻いている。
奥の部屋から沢木の声が聞こえる。

沢木（声）　じゃあ、撮れてないのか？　……馬鹿野郎ッ。一日中張り付いて何やってんだよ、もう。……言い訳はいいッ。じゃあ出てくるところを狙えッ。入ったんだろう、ホテルに。じゃあ、出てくるに決まってんじゃねえかッ。いいか、今度そんなドジ踏んだらクビにするぞッ。気合い入れてやれよッ。……あ、撮れたら報告しろよ、ちゃんとこっちに。わかったなッ。

そこに沢木が珈琲カップ片手にやって来る。

沢木　どうもすいません、バタバタしてまして。お待たせしましたッ。

と中村に珈琲を出す。

中村　大変そうだな。
沢木　ッたく、大学出てるくせに使えねえ新人で参りますよ。
中村　商売繁盛でいいじゃねえか。
沢木　そんなこと全然。カツカツで大変ですよ。
中村　浮気調査か。
沢木　いいですよね、こんな昼間からお楽しみで。「平和日本、万歳！」ってとこですか――
中村　あれ、どうかされたんですか。
沢木　何？
中村　それ――。
沢木

と中村の小指を示す。

中村　……ちょっとな。
沢木　？
中村　それよりこの前はご苦労だったな。
沢木　いえ、こちらこそ。助かりました、仕事回してもらって。
中村　ああ。
沢木　どうなりました、その後。

中村　何が。
沢木　オレが調べたあの重松（しげまつ）とかいう（と頬に傷）男ですよ。
中村　聞かねえ方がいいな、そりゃ。
沢木　……そうですか。ハハ。
中村　……。
沢木　ところで、今日はどういう？
中村　世間話しに来るほど暇じゃねえよ。
沢木　はあ。
中村　また頼みてえ仕事があってな。
沢木　そりゃ毎度ありがとうございます。
中村　ただ今度のは前のと違って少しばっかり厄介だが。
沢木　とおっしゃいますと？
中村　人を探してほしい。
沢木　人を――。

と中村は写真を出す。

沢木　（受け取って）……。
中村　名前は田所ヤスコ――その女を探し出してほしい。
沢木　……。
中村　女は男といっしょだ。

沢木　……。
中村　どうだ。引き受けてもらえるか。
沢木　引き受けたいのはやまやまですけど、もう少し詳しいことを教えてもらわないと。
中村　……。
沢木　中村さんの奥様？
中村　いいや。
沢木　恋人？
中村　いいや。
沢木　妹さん？
中村　……。
沢木　まさか初恋の人なんてことはないですよね。
中村　社長のアレだ。
沢木　アレ？

中村、小指を出す。

沢木　なるほど。
中村　いきなり消えて一ヶ月になる。
沢木　……。
中村　社長は大層お怒りでな。だから、どうしても連れ戻してほしい、と。
沢木　……。

中村　何より面子（めんつ）を潰されて黙って見過ごすわけにはいかねえって訳だ。
沢木　……。
中村　どうだ。
沢木　ほんとにそれだけですか。
中村　何？
沢木　いえ、ですからほんとに男と逃げたってだけですか。
中村　他に何があるって言うんだ。
沢木　たかが女一人が消えただけでそんなに騒ぐのも何か妙だな、と。
中村　……。
沢木　ヤバイ仕事は勘弁してくださいよ。
中村　あんたもこの仕事してりゃあわかるだろ、野郎の嫉妬がどんなにややこしいか。
沢木　まあ。
中村　こう思ってるか。
沢木　ハイ？
中村　「そんな無理難題、吹っ掛けるならテメーらで探しゃいいじゃねえか」——。
沢木　そんなことは——。
中村　オレたちの仕事は面子が命だ。会社のもんに社長が逃げられた女探してるなんてことがバレるといろいろ厄介だ。できれば、誰にも知られずに事を丸く収めたいって意向だ。
沢木　……男といっしょって言ってましたけど、何者ですか。
中村　詳しいことは何も。だが、昔の男らしい。
沢木　……。

中村、封筒を沢木に渡す。

沢木　これは？
中村　手付金だ。
沢木　……。
中村　探し出してくれたら同額を。

沢木、封筒の中身を改める。

沢木　期限は？
中村　一週間。
沢木　……。
中村　（封筒を取り上げて）ダメなら他を当たる。
沢木　……。
中村　だが、やってもらえねえなら今後オレからの仕事は期待しないでくれ。
沢木　……。
中村　どうだ？

と、封筒を差し出す。
それを受け取る沢木。

中村、カギとメモを出す。

中村　女のマンションの部屋の場所とカギだ。自由に入ってもらって構わねえ。

それを受け取る沢木。

中村　何度も言うようだが、会社の他の連中にバレねえように動いてくれ。
沢木　……。
中村　余計なお世話かもしれねえが、油断するなよ。
沢木　ハイ？
中村　こいつ（小指の包帯）はその女に逃げられた時、噛みつかれた傷だ。
沢木　はあ。

と行こうとする中村。

沢木　あの。
中村　何だ。
沢木　これはわたしの仕事が終わった後の話ですけど。
中村　ああ。
沢木　連れ戻した女は、その――どうなるんですか。
中村　聞いてどうする？

沢木　いえ、ただちょっと気になったもんですから。
中村　アンタの仕事は女の居場所を突き止めてオレに知らせるところまでだ。その後はこっちがやる。
沢木　はあ。
中村　とにかくよろしく頼むぜ。

と行こうとしてソファに躓(つまず)いてよろめく中村。

沢木　大丈夫ですか。
中村　触るなッ。人の助けは借りねえ主義だ。

とその場を去る中村。
沢木は先輩＝観客に語る。

沢木　今の柄の悪い男の名前は中村國昭(くにあき)。辰巳会(たつみ)——この辺りじゃそこそこ有名な暴力団のお兄さん。このお兄さんのいる組の親分さんの愛人が、男を作って逃げたらしい。あの男の話じゃ親分さんは大層ご立腹で、連れ戻してヤキを入れるって雰囲気でした。まあ、オレとしてはどんと気前よく札束を置いていってくれたんで、ついついそれに釣られて引き受けた仕事でした。そこにどんな人間関係があるかを差っ引いて言えば、要するに人探しですよね。

沢木、中村の置いていった写真を手に取る。

沢木　けど、オレはその写真の女に微かな見覚えがありました。

と別の場所にヤスコが出てくる。
金髪の髪と派手なコートを着た若い女。
大きなキャリーバッグを引いている。

沢木　その時はまだ思い出せませんでしたけど。

と沢木は珈琲カップを片付けて、その場を去る。

2　逃亡者たち

駅のざわめきと列車の発着音など。
東京駅新幹線ホーム。
ヤスコが立っている。

ヤスコ　友くん、ここ、ここッ。

と奥に手を振るヤスコ。
とバッグを持った友也がやって来る。

ヤスコ　来ないかと思ったわよ、もう。あ、これ買っといた。

と缶ビールを友也に渡す。

友也　（受け取り）……。
ヤスコ　何よ、そんな仏頂面（ぶっちょうづら）して。これから二人で旅しようっていうのに。
友也　ヤッちゃんさ。

ヤスコ　何よ。
友也　わかってる、自分の立場を？
ヤスコ　わかってるわよ。
友也　いいや、全然わかってない。
ヤスコ　……。
友也　いいか、オレたちは追われてる身なんだよ。
ヤスコ　だから何よ。
友也　なのに何だよ、その格好。
ヤスコ　これ？　これがどうしたのよ。

と着ているコートを示す。

友也　目立つじゃないかよ、そんな派手なの着てたら。
ヤスコ　そんなに派手かな。
友也　派手だよ。まわりにいる人がみんな見るよ、そんなの着てたら。
ヤスコ　気にしすぎよ、そんな――。
友也　……。
ヤスコ　わかったわよ。向こうに着いたら地味なのに着替えるから。
友也　……。
ヤスコ　ね、それより、連絡はついたの？
友也　誰に。

ヤスコ　先輩よ、大阪の――。
友也　ついたよ。
ヤスコ　何だって？
友也　大丈夫だよ、ちゃんと匿ってくれる約束はしてあるから。
ヤスコ　ならいいけど。
友也　何だよ、先輩のとこ行くの嫌だとでも言うのかよ。
ヤスコ　そんなこと言ってないわよ。けど――。
友也　けど何だよ。
ヤスコ　あの人、昔からチャラいっていう印象あるから。
友也　あるから何だよ。
ヤスコ　別に。
友也　いいか、ヤッちゃん。行く前にこれだけはハッキリさせとくけどね。
ヤスコ　何よ。
友也　そりゃ山崎先輩はチャライよ。オレもそう思うよ。けど、先輩はオレたちの事情を理解してくれて匿ってくれるって言ってんだよ。
ヤスコ　わかってるわよ。
友也　なら、いいけど。
ヤスコ　……ねえ。
友也　何だよ。
ヤスコ　旅行に行くと別れるカップルって多いってよく言うじゃない。
友也　それが何だよ。

ヤスコ　あたしたちもそうなるかな。
友也　馬鹿なこと言うなよ。
ヤスコ　そうよね。あたしたちはそんなことないよね。

と友也と腕を組むヤスコ。

ヤスコ　後悔してる？
友也　何だよ、今さら。
ヤスコ　けど、あたしとこんなことにならなかったら、友くんにこんな迷惑かけることもなかったわけだから。
友也　迷惑だなんて思っちゃいないよ。
ヤスコ　ほんと？
友也　迷惑でこんなことができると思ってんのかよ。
ヤスコ　友くん――。
友也　仕方ないよ、こうなった以上。
ヤスコ　ありがとう。うれしい、すごくッ。

と友也に抱き付くヤスコ。

友也　馬鹿ッ。やめろよ、こんなトコで。
ヤスコ　絶対逃げようね――どんなことがあっても。

と沢木が出てくる。

沢木　これがオレが探索を命じられた二人です。場所は約三週間前の新幹線の東京駅ホーム。二人は新幹線で大阪へ向かう途中。なぜ大阪に向かったのか——それはこの後の話を聞いてもらえれば、わかってもらえると思います。

列車の発着音。

ヤスコ　行こう。

とその場を去る友也とヤスコ。
反対側に去る沢木。

3　山崎

とある高級ホテルのロビー。
一人の男が出てきてソファに座る。
眼鏡をかけた上等なスーツでめかしこんだ男――山崎。
山崎、待ち合わせの人間が来たのか、手を振る。
そこへ和装の女が現れる。
山崎の婚約者で社長令嬢の秋吉みな。
みなは紙袋を持っている。

みな　お待たせしました。
山崎　いえいえ。わたしも今、来たとこです。
みな　ごめんなさいね。なかなかタクシーが摑まらなくて。
山崎　今日もまた素敵なお召し物で。とっても綺麗ですよ。
みな　ありがとう。今日は昼間にお茶のお稽古があったんです。ふふ。
山崎　あれ、何を買いはったんですか。
みな　何だと思いますか。
山崎　さあ。

みな　あなたへのプレゼント。
山崎　そうなんですか。
みな　この前、これ（と指輪を示し）いただいたお礼です。
山崎　そんな気を使わんでもええのに。でも、うれしいなあ。
みな　きっと似合うと思うわ、あなたに。
山崎　何やろう。
みな　それは後のお楽しみ。ふふ。
山崎　（腕時計を見て）じゃあ、まだコンサート始まるまで時間ありますからあっちでお茶でも飲みますか。
みな　そうね。

とそこに哲郎がやって来る。
髪の毛の爆発した今時の若者。

哲郎　お話中すいません。
山崎　ハイ？
哲郎　松永先生でいらっしゃいますか、小説家の。
山崎　そうですけど。
哲郎　やっぱりッ。すいません、ファンなんですッ。握手していただけますかッ。
山崎　もちろん。

と哲郎と握手する山崎。

哲郎　ありがとうございますッ。いやあ、感激ですッ。

山崎　いえ。

哲郎　あ――。

とバッグから本とマジックを取り出して、

哲郎　これ、先生の新刊です。さっきそこの本屋で買ってきばかりなんです。サインしていただけますかッ。

山崎　ええですよ。

と本にサインする山崎。

哲郎　みんな読んでます、先生の本。

山崎　そりゃありがとう。

哲郎　傑作ですよね、『モナリザの右目』――オレ、本読んで泣いたのは初めてなんですッ。

山崎　これ（本）は、もっと傑作ですよ。

と本を哲郎に渡す山崎。

哲郎　ありがとうございますッ。
山崎　いえいえ。我々もの書きはファンあっての仕事ですから。ハハハハ。
哲郎　あの、失礼ついでに写メもいいですか。
山崎　ちょっと図々しいね、君。ハハハハ。
哲郎　――あ、ダメならいいんですッ。
みな　あたしが撮りましょうか。
哲郎　すいませんッ。じゃあ、お願いしますッ。

みな、哲郎と山崎のツーショットを写メールで撮る。

哲郎　（みなに）ありがとうございますッ。
みな　いえ、とんでもない。
哲郎　奥様でいらっしゃいますか。
みな　いえ、そんな――。（と照れる）
山崎　婚約者です。
哲郎　そうなんですかッ。いやあ、さすが松永先生ッ。こんな綺麗な人とッ。
山崎　ただ、まだ発表はしてないから、内密に頼みますよ。
哲郎　もちろんですッ。お邪魔しましたッ。本当にどうもありがとうございましたッ。応援してるんで頑張ってくださいッ。

と浮き浮きとその場を去る哲郎。

山崎　申し訳ありません、変なことさせてしまいまして。
みな　いいえ、改めてあなたの人気にびっくり。
山崎　そんな。たまたまですよ、たまたま。ハハハハ。
みな　けど嫌やわ。
山崎　何がですか。
みな　婚約者だなんて。
山崎　あ、すいません、勝手なことを。ただ、変に勘ぐられるよりええと思いまして。
みな　ええのよ。

とまんざらでもない様子のみな。

山崎　じゃあ、行きましょうか。
みな　ええ。

とみなと共に去る山崎。
と、哲郎が出てきて二人を見送る。

哲郎　（にやりとして）……。

哲郎、山崎とは反対方向に去る。

と沢木が出てくる。

沢木　今の場面は場所は大阪のとある高級ホテルのロビー。ファンにサインを求められた人気作家の先生とその連れの女。オレの追いかける二人とは全然関係ないこんな二人のことをなぜ話したか——。それはこの先を聞いてもらえればわかると思います。けど、察しのいい先輩ならもうおわかりでしょうか。そう、あの気障（きざ）な作家先生が、友也が訪ねた「大阪の先輩」なんです。

と沢木はその場を去る。

4　再会

山崎のマンションの一室。
夜——。
哲郎が預金通帳を見て、電卓で計算している。
とピンポーンと呼び鈴が鳴る。
哲郎、ドアへ向かう。

哲郎（声）　どなた？
山崎（声）　警察だッ。開けないとドアをぶち破るぞッ。
哲郎（声）　お疲れ様ですッ。

とドアが開いて哲郎が戻ってくる。
続いて山崎。

山崎　あれ、アイツら来てるんとちゃうの？
哲郎　アイツら？
山崎　友也と女や。言っといたやろう、オレを訪ねて来るって。

哲郎　ああ、あの二人ね。来てますよ。今、食い物買いに下のコンビニに。
山崎　そうか。
哲郎　どうでしたか、その後？
山崎　何が？
哲郎　さっきの女ですよ、お嬢様。
山崎　……まあ、な。へへへへ。
哲郎　え、もうヤッちゃったんですかッ。
山崎　アホッ。（と哲郎を叩き）そんなに簡単にヤッてもうたら品格を疑われるやろう。なんせ、オレは優雅でお金持ちの小説家の大先生なんやから。
哲郎　はあ。
山崎　安心せい。あの女はもうオレの虜（とりこ）や。ハハハハ。
哲郎　さすが山崎さんッ。
山崎　お前もご苦労やったな。
哲郎　いえ。
山崎　けど、ちょっと芝居が臭いからもう少しあっさり頼むわ。
哲郎　気をつけますッ。

山崎、衣裳（スーツ）を脱ぐ。

哲郎　山崎さん。
山崎　あン？

哲郎 何者なんですか、東京から来たっていうあの二人？
山崎 ああ、あっちでいっしょに芝居やってた時の仲間や。
哲郎 芝居の？
山崎 ああ。
哲郎 へえ。
山崎 詳しい話は聞いてへんけど、どうやら駆け落ちしてきたらしいねん。
哲郎 駆け落ち？
山崎 そうらしいんや。まったく何やってんだか。
哲郎 駆け落ちってことは、誰かに一緒になることを反対されてるってことですかね。
山崎 まあ、そうやろうな。
哲郎 ふーん。

とピンポーンと呼び鈴が鳴る。
哲郎、ドアへ行く。

哲郎（声） どなた？
友也（声） オレです、友也。

哲郎が戻ってくる。
続いて友也とヤスコ。
友也は飲み物などが入ったコンビニの袋を持っている。

友也　どうも、先輩。お久し振りですッ。
山崎　ととと友也ッ。

と友也と抱き合う山崎。

山崎　マリコちゃん！
ヤスコ　ヤスコです。覚えてないと思いますけど。
山崎　覚えてるよ、ちゃんとッ。ほら、一度、正月に赤坂でこいつ（友也）といっしょに焼き肉たらふくご馳走したやないかッ。
ヤスコ　いいえ。
山崎　あれ、そうやったっけ。ほな別の女か。ハハハハ。
友也　ハハハハ。
ヤスコ　……。
友也　あ、これよかったらどうぞ。買って来ましたッ。

とビールなどを配る友也。

山崎　そんな気、遣うなよ。そっちもいろいろ大変なんやろうし。
友也　そんな大したもんじゃないですから。（哲郎に）――どうぞ。
哲郎　はあ。

山崎　あ、こいつはオレの仕事手伝ってくれてる哲郎。よろしくね。
哲郎　どうも、哲郎です。
山崎　じゃあ、昔の仲間との五年ぶりの再会を祝して――。

とビールを掲げる山崎。

山崎　乾杯ッ。
友也　乾杯ッ。

と乾杯する人々。

山崎　しかし、お前も大変やな。
友也　はあ。
山崎　けど、何とかなる。そんなに悲観することないよ、うん。
友也　そう言ってもらえると。
山崎　（ヤスコに）ヤスコちゃんやったっけ。座ってよ、そんなとこに立ってへんで。
ヤスコ　……。
山崎　で、どうするつもりなの、これから。
友也　こんなこと言うのアレですけど、事情が事情でバタバタと来たんで、まだ何も。
山崎　そりゃそうやな。
友也　ご迷惑をかけて、ほんと。

と頭を下げる友也。

山崎　やめてよ、そういう堅苦しいの。知らない仲やないんやから。ハハハハ。

友也　いいところですね。

山崎　何が。

友也　ここ。高いんじゃないですか。

山崎　たいしことあらへんよ。

友也　だって、市内にこんな部屋借りてるんだから凄いですよ。あっちの部屋（隣室）も豪華ですよね、なあ。

ヤスコ　うん。

友也　今、何してんですか。

山崎　まあ、な。

友也　まだ役者やってるんですか。

山崎　まあ、やってるよ。なあ。（と哲郎を見る）

哲郎　ハハ。

友也　へえ。

山崎　こっちに戻って五年。最近やっとすぐれた演技のコツがわかってきた気がするよ、うん。

ハハハハ。

哲郎　ハハハハ。

友也　（ヤスコに）聞いたか、今の。

ヤスコ　え？
友也　こうして地元に帰っても夢をあきらめず芝居の研究を重ねてる。なかなかできることじゃないよな。
ヤスコ　……そうね。
山崎　ところで、お前。仕事ないんやろ。
友也　ええ。
山崎　少し手伝ってくれへんかな。
友也　何をですか。
山崎　だから、オレの仕事を。
友也　もちろん、いいですよ。無料（ただ）でこんないいとこに置いといてもらうんです。やることがあるなら何なりと。
山崎　助かるわ、そりゃあ。ヤスコちゃんもええかな。
友也　もちろん。なあ。
ヤスコ　そりゃまあ。
山崎　いやな、ちょっと前に仕事ができへん若いヤツをクビにしたばかりなんや。だから人手が必要でなあ。
友也　なるほど。で、どんな仕事なんですか。
山崎　お前にぴったりの仕事や。演技する仕事やから。
友也　ほんとに！
山崎　ああ。
友也　ありがとうございますッ。

山崎　場所変えよう。そこで詳しいこと話すから。近くにうまい焼き肉屋があるんや。今日は再会を祝してパーッといこうやないかい。

友也　何から何まで、ほんと。

と頭を下げる友也。

山崎　ほな行こう。うまいもん食ってへんやろ。遠慮せんといてたらふく食うてくれ。（哲郎に）ちょっと電話しといてくれ、店に。

哲郎　ハイッ。

とその場を去る哲郎。

山崎　何してるんや、行こう。ほら、ヤスコちゃんもいっしょに。

ヤスコ　先行っててください。ちょっと荷物の整理があるんで。

山崎　そうか。じゃ下で待っとるで。

とその場を去る山崎。

友也　何だよ、荷物の整理なんて後でいいじゃないか。

ヤスコ、友也を舞台の隅に引っ張る。

友也　何だよ。
ヤスコ　用心した方がいいと思う。
友也　え？
ヤスコ　アイツの言うことによ。
友也　なんで？
ヤスコ　なんでって——アンタ、おかしいと思わないの？
友也　何が。
ヤスコ　先輩の言うことによ。
友也　何だって言うんだよ。
ヤスコ　何かおかしいと思うんだもん。
友也　……ヤスコ。
ヤスコ　何よ。
友也　前にも言ったろう。もっと人を信じなきゃ。
ヤスコ　……。
友也　大丈夫だよ。もし変な話だったら断るから。
ヤスコ　ほんとに？
友也　ああ。
ヤスコ　……。
友也　さ、行こう。先輩待たせちゃアレだから。——ほらッ。

と友也に引っ張られてその場を去るヤスコ。

と沢木が出てくる。

沢木 もうおわかりだと思いますが、ヤスコと友也が逃亡のために助けを求めた大阪の先輩——山崎学（やまざきまなぶ）は詐欺師です。証拠不十分で逮捕には至ってませんが、府警にも目をつけられているフダ付きです。よりにもよってこんな男に助けを求めたがゆえに、ヤスコと友也の運命は大きく変わったと言えるかもしれません。

沢木、その場を去る。

5　調査の結果

と別の場所に中村が出てくる。
中村は花束を持っている。
場所は病院のロビー。
と中村の携帯電話が鳴る。

中村　（出て）中村だ。

と沢木がキャリーバッグを引いて別の場所に出てくる。

沢木　沢木です。
中村　おう。どうだ、その後？
沢木　女といっしょに逃げた男の素性がわかりました。
中村　誰だ？
沢木　詳しい経緯は書面で報告しますが、女の昔の芝居仲間です。
中村　芝居仲間？
沢木　ハイ。名前は――（と手帳を見て）延岡友也（のべおかともや）。職業は役者です。

中村　役者？
沢木　ええ。と言っても、東京にゃゴマンといる売れない役者の一人です。ふだんは渋谷でバーテンダーをやってたみたいですが、ちょっと前に退職してます。
中村　それで、女は？
沢木　はあ。
中村　男の部屋か。
沢木　いえ、そこにはいません。
中村　どこへ？
沢木　大阪です。
中村　大阪？
沢木　ええ。男の交遊関係を当たったら、そっちへしばらく行くと親しい友人に漏らしたことがわかりました。
中村　……。
沢木　これからオレも大阪に向かいます。居場所がわかったら連絡します。
中村　ハハハハ。
沢木　何ですか。
中村　なかなか手際がいいじゃねえか。
沢木　まあ、仕事ですから。
中村　アンタに頼んでよかったよ。これで何とか間に合いそうだ。
沢木　ハイ？
中村　いや、こっちの話だ。

沢木　あの。
中村　何だ。
沢木　ちょっと聞いておいきたいことがあるんですが。
中村　ああ。
沢木　女のことです——田所ヤスコの。
中村　それがどうした？
沢木　田所ヤスコってのは、本名ですかね。
中村　……そのはずだが。
沢木　本名でない可能性もありますか。
中村　何とも言えん。
沢木　そうですか。
中村　何だ、あの女は偽名使ってるって言うのか。
沢木　いえ、そうじゃないんですけど、ちょっと気になることがあったもんで。
中村　何が気になる？
沢木　今は何とも。——女の出身地は東京の町田で間違いありませんか。
中村　だと思うが。
沢木　……。
中村　今、どこだ。
沢木　東京駅です。これから大阪へ向かいます。
中村　気をつけてな。女の居場所がわかったら連絡してくれ。
沢木　わかりました。

と電話を切ってその場を去る中村。
沢木、キャリーバッグを列車の座席に見立てて、腰を下ろす。
と新幹線の通過音。
窓外の風景を目まぐるしく追う沢木。

沢木　東京駅から新幹線「のぞみ」で約二時間半。そして、大阪に来て二日目、オレはあのうさん臭い男の部屋に匿われたヤスコを探し当てます。

と沢木はその場を去る。

6　ヤスコ

山崎のマンション近くの公園。
ヤスコが出て来てベンチに座る。
手にはコンビニの袋。
朝――。
雀の鳴く声など。

ヤスコ　……。

とサッカーボールがヤスコの足下にコロコロと転がってくる。
ヤスコ、そのボールに気付き、拾い上げる。
そこに沢木がやって来る。

沢木　あ、すいませんッ。

ヤスコ、ボールを沢木に投げる。

沢木　（受け取り）なかなかうまくなんなくて、これが。ハハ。

とボールでリフティングをする沢木。

沢木　オレ、高校時代はサッカー部で、部員のなかじゃ一番うまかったんだよ。最高で一時間くらいは楽にやってられたんけど、久し振りにやるとやっぱうまくいかないもんだね。ハハハハ。

ヤスコ　……。
沢木　嫌いかな、サッカー。
ヤスコ　別に――。
沢木　あ、ごめんね、勝手に一人でペラペラ。
ヤスコ　……。
沢木　田所ヤスコさんだね。
ヤスコ　！

と立ち上がるヤスコ。

沢木　あ、警戒しないでッ。
ヤスコ　誰なの？
沢木　探偵です。
ヤスコ　探偵？

沢木　そう。雇い主は、アナタが逃げる時に噛み付いた男。
ヤスコ　……。

と小指を出す沢木。
ヤスコ、逃げようとする。

沢木　逃げてもいいけどッ。
ヤスコ　（止まって）……。
沢木　逃げてもいいけど、どの道、捕まるよ。
ヤスコ　……。
沢木　だから、朝から無駄な追いかけっこはやめようよ。
ヤスコ　……。
沢木　座ってくれよ。
ヤスコ　……。
沢木　大丈夫。オレはあの男たちとは違う。手荒な真似はしないよ。
ヤスコ　（見て）……。
沢木　ありがとう。

沢木、名刺をヤスコに差し出す。

沢木　沢木です。

ヤスコ　（受け取って）……どうしろって言うのよ。
沢木　それをこれから話し合おう。
ヤスコ　なんでここが――。
沢木　まあ、そういうのを調べるのがオレの仕事なんで。
ヤスコ　……。

沢木、前方の架空のマンションを見上げて、

沢木　しかし、いいマンションだよね。友也くんの先輩は相当稼ぎがいいってことかな。
ヤスコ　ハッキリ言うけど、あたしは戻るつもりないから。
沢木　……。
ヤスコ　そりゃ確かにあの人には世話になったわ。普通じゃできない贅沢もさせてもらった。けど、仕方ないじゃない。
沢木　……。
ヤスコ　あなたがアイツらから何をどう聞いてるか知らないけど、あたしの気持ちはもう決まってるの。
沢木　……。
ヤスコ　もう知ってるのよね、友くんのこと。
沢木　一応。
ヤスコ　なら話は早いわ。彼ね、昔いっしょに芝居やってた時の仲間なの。今からもう十年も前。東京でね、あたしも彼も「役者になる！」って夢持って生きてた頃の。

沢木　……。
ヤスコ　その頃、あたしたち付き合ってたの——すぐ別れちゃったけど。
沢木　……。
ヤスコ　再会したのは二ヶ月くらい前——場所は下北沢の小っちゃい劇場の前。
沢木　……。
ヤスコ　どうでもいいか、そんなこと。
沢木　いや、もう少し聞かせてくれよ。
ヤスコ　……あの人、その劇場で芝居やってた。「見にきてよ」ってチラシ渡されて、見に行った。内容はイマイチだったけど、すっごく感動したの——あの人が汗かいて舞台で芝居してるの見て。
沢木　……。
ヤスコ　別れて自分の部屋に戻って、一人で鏡の前に座って自分の顔を見た。
沢木　……。
ヤスコ　「何やってんだろう、あたし」って思ったわ。
沢木　……。
ヤスコ　今、あたしはこんな風になっちゃったけど、昔は夢を持って生きてたんだなあって。
沢木　……。
ヤスコ　そしたら、見晴らしのいい３ＬＤＫの素敵なお部屋も、豪華なプレゼントも、みんなどうでもよくなったの。
沢木　……。
ヤスコ　「もう一度、友くんとやり直したい」——そう思ったの。

沢木　いい部屋だもんね。
ヤスコ　え？
沢木　あなたの住んでる３ＬＤＫ。

沢木、ヤスコのマンションのカギを差し出す。

沢木　悪いね、あの男からもらったんだ。ガスの元栓、オレが閉めといたから。

ヤスコ、受け取って大きく溜め息をつく。

ヤスコ　ま、どっちにせよそんなこと言っても信じてもらえないわよね。
沢木　……。
ヤスコ　自業自得ってヤツ？
沢木　ひとつふたつ質問が。
ヤスコ　何よ。
沢木　田所ヤスコっていうのは偽名だね。
ヤスコ　え？
沢木　本当の名前は別にあるだろ。
ヤスコ　ああ――そのこと。偽名じゃないわ。けど、前に父と母が離婚して、あたしは母の姓を名乗ったってことよ。
沢木　じゃあ本来の名前は別だった、と？

ヤスコ　ええ。
沢木　なんて?
ヤスコ　小原ヤスコよ。
沢木　……。
ヤスコ　それが――?
沢木　あなた、兄貴がいるんじゃないのか。
ヤスコ　ええ、いたわ。ずいぶん前に死んだけど。
沢木　名前は小原恭一(おばらきょういち)――高校時代はサッカー部のエースで、卒業後は刑事になった。
ヤスコ　そう。
沢木　……。
ヤスコ　あなた、兄さんのこと知ってるの?
沢木　思い出したよ。
ヤスコ　え?
沢木　兄貴の葬式の時のことだよ。
ヤスコ　……。
沢木　あんた、サッカーボールを棺(ひつぎ)に入れようとして葬儀屋に止められて、「嫌だッ。絶対に入れるッ」って言い張って――高校の制服着て。
ヤスコ　だったかもね。
沢木　……。
ヤスコ　で、どうするの?　あたしを連れ戻すわけ?
沢木　……。

ヤスコ　けど、そのつもりなら覚悟してね。
沢木　何を？
ヤスコ　朝の追いかけっこを。
沢木　……。
ヤスコ　あたしの決意、固いから。
沢木　その必要はない。
ヤスコ　え？
沢木　こう言ってもアンタにはよくわからないだろうけど。
ヤスコ　……？
沢木　オレはあんたを見つけられなかった。
ヤスコ　え？
沢木　今日ここで会ってもいないし、話もしなかった。
ヤスコ　どういうこと？
沢木　どういうもこういうもないッ。だから、後は勝手に逃げてくれ。
ヤスコ　話がよくわかんないんだけど。
沢木　とにかく、そういうことだ。
ヤスコ　……。
沢木　余計なお世話だが、あんたの居場所はもうヤツらにはわかってる。ここからすぐに逃げた方がいい。わかったな？
ヤスコ　ちょっと待ってよッ。
沢木　何だ。

ヤスコ　訳がわかんないわ。説明してよ、なんでそんなことするのよ。
沢木　あんたらに関わるとややこしいことになりかねないからだよ。
ヤスコ　……。

と行こうとするが戻ってくる沢木。

沢木　今、男はどこに？
ヤスコ　男？
沢木　売れない役者の友くんだよッ。
ヤスコ　仕事よ。
沢木　仕事？　何のだ？
ヤスコ　……いいじゃない、そんなこと。
沢木　もしかして、あの先輩の——。
ヤスコ　だったら何よ。
沢木　……いや、友くんによろしくな。

と行こうとするが戻ってくる沢木。

ヤスコ　何よッ。
沢木　いや、その——何と言うか、立ち入ったことを聞くようだが。
ヤスコ　ええ。

沢木　うまくいってないのか。
ヤスコ　何が。
沢木　だから、その――彼と？
ヤスコ　なんで？
沢木　いや、その――浮かない顔してたから。
ヤスコ　大きなお世話よッ。
沢木　……そりゃそうだな。ハハハハ。――じゃ。

と行こうとして戻ってくる沢木。

ヤスコ　何なのよ、いったいッ。
沢木　いや――ハハハハ。
ヤスコ　さよなら。

とその場を去るヤスコ。
先輩＝観客に語る沢木。

沢木　びっくりしましたよ、ほんと。あの中村ってやくざに写真を見せてもらった時に、女の顔に微かな見覚えがあったのは間違いじゃなかったってわけです。そう、女は田所――いや、小原ヤスコは他ならぬ先輩の妹だったからです。見覚えがあったのは、先輩の葬式で会ったことがあったからです。どうですか、これでわかってもらえましたか、オレがこの話を先輩にどうしてもしたかった訳を。

沢木、位置を変える。

沢木　依頼人の中村には適当なこと言って金を返せばいい——最初はそう思ってました。とっとと東京へ帰って「ご期待に添えなくてすいません」——そう謝ればすべて終わる、と。しかし、物語はそのようには展開しなかったんです。「あんたら関わるとややこしいことになりかねないからだよ」——オレは女にそう言ったにもかかわらず。

と沢木はその場を去る。

7 詐欺

同じ日の昼。
ホテルの地下駐車場。
哲郎と友也がやって来る。
友也はサングラスをかけている。
これから山崎の手助けをするらしい。

友也 ひとつ確認。
哲郎 ハイ。
友也 先生の名前は松永栄一郎。
哲郎 そうです。
友也 売り出し中の人気小説家。
哲郎 ハイ。
友也 乗ってる車はＢＭＷ。
哲郎 その通りです。
友也 オーケー。アエイウエオアオ。

と発声練習をする友也。

哲郎　ハハハハ。
友也　何だよ。
哲郎　いや、こう言っちゃナンだけど、すげえ板についてきてる感じするから。
友也　そうか。
哲郎　そうですよ。初舞台の時に比べると断然。
友也　あん時はまだ勘が戻ってなかったから。アエイウエオアオ。
哲郎　友也さん。
友也　うん。
哲郎　頑張ってくださいね、オレ、応援してますから。
友也　何を。
哲郎　だから——ヤスコちゃんと。
友也　……？
哲郎　オレ、昔、失敗したことがあって。
友也　何に？
哲郎　駆け落ち。ハハ。
友也　へえ。
哲郎　だから、友也さんたちには何とかうまくやってほしいと思って。
友也　そりゃありがとう。

とみなの笑い声が聞こえる。

哲郎 ――あ、来たッ。じゃよろしくッ。

と隠れる哲郎。
そこへ山崎とみながやって来る。
二人、友也の横を通り過ぎる。

友也 いい車、乗ってるねえ。さすが売れっ子の作家先生だ。

山崎 わたしに何か用ですか。

友也 何か用ですかはねえだろう。何度電話してもシカトしてる相手に向かって。

山崎 その話はもう終わってるはずや。話すことは何もない。

と行こうとする山崎。

友也 待てって言ってんだろうッ。

と山崎に手をかける友也。
それを振り払う山崎。
みなは「キャッ」となって山崎の影に隠れる。

友也　忘れるなよ、そっちの出方次第じゃこっちも考えがあるからな。
山崎　何や。
友也　洗いざらい警察に言ってしゃべるって言ってんだよ。
山崎　……。
友也　いいのかねえ。売り出し中の作家先生が交通事故で人を怪我させたなんてことが世間にバレて。
山崎　言えばええやろう。どうせお前の言うことなんか信じちゃくれへんから。
友也　信じちゃくれねえとしても、事件は世に出る。それはあんたにとっちゃ損なんじゃねえのか、松永栄一郎先生。
山崎　……。
みな　どういうことなん、これは――。
友也　この先生はちょっと前に車で、オレの達公に怪我させたんだよ。
山崎　怪我って言うても、転んでちょっと足をくじいたってだけやろう。
友也　こっちは示談にしてもいいって言ってるのに、知らぬ存ぜぬだ。
山崎　金額を考えろッ。そんな大金払えるわけないやろう。
友也　売れっ子の先生にしちゃずいぶん弱気じゃねえか。へへへへ。
山崎　……。
友也　いいか、もう一度だけチャンスをやる。三日間だけ待つ。それまでにこっちの望みを聞いてもらえねえなら、出るとこに出るからそのつもりでな。
山崎　……。
友也　また連絡する。へへへへ。――邪魔したね。

とその場を去る友也。
それを見送る山崎とみな。
と友也が戻ってくる。

友也 出口はこっちだったな。へへへへ。――邪魔したね。

と反対側に去る友也。
それを見送る山崎とみな。

山崎 すいません。変なとこ見せてしもうて。(と汗を拭く)
みな 本当なん?
山崎 ……。
みな 本当に事故を――。
山崎 言い掛かりですよ。けど、あの男、どうやら暴力団に関係しとるみたいで。
みな ぼぼ暴力団――。
山崎 ええ。ここんとこずっと付きまとわれてるんです。
みな ……。
山崎 そりゃ五万や十万の金ならパッと払ってすぐにケリをつけますよ。言い掛かりとは言え、あの男の友達が軽い怪我をしたのは事実ですから。
みな いくら出せって?

山崎、みなに耳打ちする。

みな　そんなに――。

山崎　こっちが逆にアイツらを警察に訴えてもええんですけど、知っての通り、今、ミステリ大賞の選考の最中で。

みな　……。

山崎　時期が悪いんです、今じゃ。……うおーッ。

と持っていた鞄に頭を打ち付けて苦悩する山崎。

みな　何しとるのッ。やめて――やめてくださいッ。

山崎　すいません、あなたの前でこんなこと――。

みな　あたしに何かできることは？

山崎　いいえ、あなたには何の関係もないことです。これはあくまでわたし個人の問題ですから。……うおーッ。

と鞄に頭を打ち付けて苦悩する山崎。

それを止めるみな。

みな　個人じゃないわよッ。あたしはあなたのためなら何でもしたいと思っとるのよ。

山崎　みなさん――。
みな　大丈夫。父に相談すれば、そのくらいのお金何とでもしてくれるはずやから。
山崎　いいえ、ダメです。そんなことでみなさんに迷惑はかけられませんッ。……うおーッ。
みな　「うおーッ」はもういいから。落ち着いてッ。ね、お願いッ。
山崎　……。
みな　とにかく、相談しましょう。もっと詳しい話を聞かせてください。
山崎　（うなずく）
みな　車、運転できる？
山崎　大丈夫です。……うおーッ。
みな　落ち着いて、落ち着いて、お願いッ。

とみなに誘導されてその場を去る山崎。
と反対側から哲郎が出てくる。
続いて友也。
二人、山崎たちを見送る。
哲郎、友也に金の入った封筒をさり気なく渡す。

友也　ハハハハ。お疲れさんッ。
哲郎　……しッ。
友也　どうした？
哲郎　誰かわからないけど、あっちにオレたちを見張ってるヤツがいます。

友也　え？（と見る）
哲郎　見ないでッ。
友也　……。
哲郎　今日はここで別れましょう。もし、ヤバいと思ったら逃げてください。
友也　……。
哲郎　じゃ、山崎さんのマンションで、また。
友也　わかった。

　と別々の方向に去る友也と哲郎。
　と沢木が出てくる。

沢木　あのチャラい山崎という先輩に唆（そそのか）されて、結婚詐欺の片棒を担がされていた友也。今思えば、ヤスコが逃げ込んだ場所に、もしこんな馬鹿なヤツらがいなかったら、オレはあんな計画を思いつくこともなかったと思います。そう、中村の目を欺くためのあんな計画を――。東京へ帰ったはずのオレがなんでこんなこと知ってるかって？　そうです。オレは東京へは帰らず、友也に会いに行ったんです。

　と沢木はその場を去る。

8　友也

友也が辺りを伺いながら出てくる。
山崎のマンションの前にある公園。
誰もいないことを確認する友也。
友也、懐から出した封筒を出して中身を見る。
哲郎からもらった報酬。

友也　へへへへ。

と沢木の声が聞こえる。

沢木（声）　追いかけっこはやめようよ。

友也、ハッとして警戒する。
そこに沢木がやって来る。

沢木　警戒するな。オレは大阪府警の刑事じゃないよ。

友也　……。
沢木　足早いな、あんた。

　　とその場に座る沢木。

友也　誰だ、あんた。
沢木　探偵だよ。
友也　探偵？
沢木　ああ。
友也　探偵がオレに何の用だ。
沢木　はるばる東京から来たんだよ、あんたらの居場所を突き止めるために。
友也　……。
沢木　警戒するなよ。オレはあんたらの敵じゃない。
友也　……。
沢木　ヤスコちゃんと話したよ。
友也　何？
沢木　ヤスコちゃんだよ、あんたといっしょに駆け落ちした。
友也　……。
沢木　だから、無意味な追いかけっこはやめて、オレの話を聞いてくれよ。
友也　……。
沢木　おせっかいだとは思うけど、頼むよ、ほんと。

友也　何を――。
沢木　ヤスコちゃんのことだよ。
友也　ヤスコが何だよ。
沢木　駆け落ちしたんだろう。だったら、ちゃんと駆け落ちしろよ。
友也　何？
沢木　あ、いや――だから、彼女を悲しませるようなことはするなよ。
友也　何だよ、悲しませるって？
沢木　その金の仕事のことだよ。
友也　……。
沢木　地道にやれよ、幸せになりたいなら。
友也　……。
沢木　好きなんだろう、ヤスコちゃんのこと。
友也　何なんだよ、あんた。
沢木　だから探偵だよ。
友也　探偵がなんでオレに説教するんだよ。
沢木　なんでって――したいからしてるんだよ、文句あるかッ。
友也　……？
沢木　一時（いっとき）はいいけど、いつまでも続くわけねえんだから、そんな仕事。
友也　……。
沢木　だいたい最低な野郎じゃねえか。
友也　誰が。

沢木　あの山崎とかいうあんたの先輩だよ。
友也　……。
沢木　そんな驚くなよ。知ってるんだよ、みんな、オレは。調べるのが仕事だから。
友也　……。
沢木　とにかく、ちゃんとやってくれよ。じゃないとこっちは気が気じゃねえんだからよ。じゃあな。

とその場を去ろうとする沢木。

友也　ちょっと待てよ。
沢木　何だよ。
友也　あんた、ヤスコの何なんだよ。
沢木　何でもねえよ。
友也　昔の男か、ヤスコの？
沢木　ちがうよ。
友也　じゃあ、何なんだよ。
沢木　彼女の兄貴の友達だよ。
友也　兄貴の友達？
沢木　ああ。
友也　よくわかんないんだけど。
沢木　わからなくていい。とにかく、ヤスコちゃんを悲しませるな。

と行こうとする沢木。

友也　……。

沢木、戻ってくる。

沢木　ひとつ聞き忘れたんだが。
友也　何だよ。
沢木　これからどうするつもりだ。
友也　何？
沢木　だから、これから追っ手がここを突き止めた場合、どういう風にそれに対処するつもりなんだって。
友也　タイショ？
沢木　……。
友也　ああ――こういう字か。

と空中に文字を書く友也。

沢木　そうだ。
友也　……さあ。

沢木　ハハハハ。
友也　ハハハハ。

沢木、苦悩して身をよじらせる。

友也　大丈夫か。
沢木　触るなッ。
友也　何怒ってんだよ。

とそこに山崎がやって来る。

山崎　こいつか、オレたちに付きまとってる野郎っていうんは？
友也　あ――山崎さん。ハイ、こいつです。
山崎　何者や。
友也　それがよくわかんないんですけど、探偵らしいです。
山崎　探偵？
友也　ハイ。
山崎　誰に雇われた？
沢木　……。
山崎　あの女か？　あの女に雇われてオレの動きを探ってるってわけか。
沢木　ちがうよ。

山崎　じゃあ誰や。
沢木　……。
山崎　何や、何か言いたそうやな。
沢木　ああ。
山崎　言ってみろ。
沢木　オレからの願いはただひとつだ。
山崎　何だ。
沢木　そいつをあんたのペテンに巻き込まないでくれ。
山崎　ハハハハ。ふざけるなッ。
友也　ふざけるなッ。
沢木　いいか、よく聞け――。

と一歩出る沢木。
と山崎が拳銃を出す。

山崎　へへへへ。その前にこっちも少し聞きたいことがあるんや。いっしょに来てもらおうか。
友也　いつの間にそんなもん――。
山崎　こういう仕事や。場合によっちゃコイツにものを言ってもらう時もあるんや。
沢木　……。
沢木　わかった。行こう。

と行こうとする沢木。

山崎　まままま待てッ。
沢木　何だ。
山崎　どこへ行く？
沢木　あんた部屋だよ、そのマンションの七〇三号ッ。
山崎　……。
沢木　何してるッ。早く来い！

とその場を去る沢木。

山崎　どういうことや。
友也　何がですか。
山崎　なんでビビらへんねん、コイツ（拳銃）を向けられて。
友也　さあ。
山崎　おかしいやないかい。
友也　持つ人間が薄っぺらいと、本物に見えないってことですかね。
山崎　ハハハハハ。なるほどな。
友也　ハハハハハ。
山崎　しばくぞッ。
友也　あ、すいませんッ。

とその場を去る友也と山崎。

9 計画

山崎のマンションの部屋。
前景の一時間後。
ヤスコ、友也、山崎がいる。
山崎、拳銃を弄んでいる。

山崎 友也。
友也 ハイ。
山崎 ちょっと気になってるんやけど。
友也 何ですか。
山崎 これ、本物に見えへんか。
友也 さあ、どうでしょう。
山崎 ……。
友也 本物じゃないんですか。
山崎 本物のわけないやろう。オレたちの仕事は偽物をいかに本物みたいに見せるかっちゅうことなんやから。
沢木(声) そんなことだろうと思ったよ。

と声がして沢木がやって来る。

沢木　すまんすまん、話の途中で。――それにしても凄いトイレだな。

人々　……。

沢木　何だよ、みんなしてそんな顔して。

山崎　あんたの言うことはだいたいわかった。で、何が望みや？

沢木　その前にひとつ二人に確認しときたいことがある。

友也　何だよ。

沢木　あんたはどうしたいんだ？

友也　どうって――。

沢木　ヤツらに捕まって、彼女が東京に連れ戻されることになってもいいのか？

友也　嫌だよ、そんなの。

沢木　ヤツらの目の届かないところで二人で一から出直したい――。

友也　ああ。

沢木　ヤスコちゃんもそれでいいんだな。

ヤスコ　（うなずく）

沢木　二人の意見はわかったから、今度はオレの意見を言う。

友也　何だよ。

沢木　ヤツらから逃げ切ることはできないと思う。

友也　……。

沢木　現にオレはこうしてあんたたちの居場所を突き止めた。
ヤスコ　……。
沢木　オレが「あんたたちは見つかりませんでした」って嘘の報告をしたとしても、次の追っ手があんたらを探し出す。
友也　……。
沢木　仮にその追っ手を振り切ったとしても、また次。要するにあんたらは一生、逃げて暮らさなきゃならなくなるってことだ。
ヤスコ　……。
沢木　アイツらを甘く見ちゃいけないよ。
友也　じゃあどうしろって言うんだよッ。
沢木　……。
友也　逃げるのは無理だから、東京に戻ってヤスコをアイツらのところへ返せばいいって言うのかよッ。
沢木　そんなことは言ってない。
友也　何？

沢木、山崎の元へ行く。

山崎　何や。
沢木　見せてくれよ。
山崎　何を。

沢木　偽の拳銃をだよ。

山崎、しぶしぶ拳銃を渡す。

山崎　壊すなよ、オモチャでも高価な代物やからな。

沢木、拳銃を受け取る。

沢木　（構えて）バーン！　ハハハハ。
友也　何遊んでるんだよッ。
沢木　……。
友也　何黙ってんだよ。何とか言えよッ。
沢木　死んでもらおう。
友也　え？
沢木　こいつ（拳銃）で死んでもらうんだ。
人々　？
友也　誰に？
沢木　ヤスコちゃんにだよ。

とヤスコに銃口を向ける沢木。

ヤスコ　どういうこと？
沢木　（山崎に）あんた、さっきこう言ったな。
山崎　何や。
沢木　「オレたちの仕事は偽物をいかに本物みたいに見せるかってことだ」って。
山崎　それが何や。
沢木　一芝居打つんだよ、アイツの目の前で。
ヤスコ　一芝居？
沢木　ああ。あんたらがアイツらから本気で逃げたいと思ってるなら、やってみる価値はある。
友也　どんな？

沢木は先輩＝観客に語る。

沢木　オレが二人に提案した計画は、ざっと次のようなものでした。中村というあのやくざを大阪へ呼び、この部屋へおびき寄せる。

と中村が出てくる。
ソファに座る中村。
その前に座る友也とヤスコ。

中村　――ということだ。
沢木　友也は観念してヤスコといっしょに東京へ戻ることに同意する。

友也　わかりました。いろいろ迷惑をかけてすいませんでした。
沢木　それに反対するヤスコ。

立ち上がって反対するヤスコ。

ヤスコ　嫌よッ、そんなの！　絶対に嫌ッ。
沢木　それを宥める友也。
友也　こうなった以上、仕方ない。あきらめるんだッ。
ヤスコ　嫌よッ、嫌ッ。

ともみ合う二人。

沢木　そんな時、一人の男が拳銃片手に現れる。
ヤスコ　誰が――？
沢木　ヤスコに心を奪われて嫉妬に狂った友也の先輩、山崎。

隣室から山崎が拳銃を持って出てくる。

山崎　ヒヒヒヒ。ヤスコから手を放せッ。放さんかッ。

と銃口を友也に向ける山崎。

友也　やめてくださいッ、山崎さんッ。
山崎　黙れッ。その女は誰にも、誰にも渡さんッ。ヒヒヒヒ。

山崎に飛び掛かる友也。

山崎　放せ、放さんかッ。

と友也を振り飛ばす山崎。
倒れる友也。

山崎　ヒヒヒヒ。死ねえッ。

友也を撃とうとする山崎。

ヤスコ　やめてッ。

と山崎に飛び掛かり、銃を奪おうとするヤスコ。
もみ合うヤスコと山崎。
と銃声。
と崩れ落ちるヤスコ。

沢木　馬鹿野郎ッ。

と山崎を殴り倒して銃を奪う沢木。

友也　ヤッちゃん！　ヤッちゃん！

死んでしまうヤスコ。

沢木　何てことだッ。くそッ。

それを呆然と見ている中村。

沢木　行ってくださいッ。ここはわたしに任せてッ。
中村　しかし――。
沢木　いいんですか、事が公になってッ。
中村　……。
沢木　あんたらとコイツらは何の関係もなかった。
中村　……。
沢木　いいですねッ。
中村　わかった。後はよろしく頼む。

沢木　任せてくださいッ。

中村は、その場を去る。

沢木　――というわけだ。
人々　……。
沢木　その後、オレは中村に「女の死体は警察にバレないように六甲山に遺棄した」と嘘の報告をし、あんたらは手に手を取って逃亡を果たす。二度と追っ手が放たれることはない。
友也　つまり――。
沢木　そうだ。あいつの前で芝居して、あんた（ヤスコ）は死んだことにするわけだ。
ヤスコ　……。
沢木　いくら愛しい女とは言え、その女が死んでしまったなら親分さんもすんなりとあきらめがつく。名付けて『スティング』作戦。
人々　……。
沢木　何だ、何キョトンとしてる？
友也　いやあ。ハハハハハ。
ヤスコ　ハハハハハ。
沢木　「そんなにうまくいくはずがない」と。
友也　まあ。
ヤスコ　確かに。
沢木　ハハハハハ。わかった。確かにそんなにうまくいくとは限らない。そうだよな。うん、今の話は忘れてくれ。じゃオレはこれで。逃亡生活、頑張ってくれ。

と行こうとする沢木。

山崎　ちょっと待てッ。
沢木　……。
山崎　さっきから聞いとると、話がオレの気持ちと全然関係なく進んでいるように思えるんやけど。
沢木　あんたの気持ち？
山崎　ああ。
沢木　どんな気持ちだ。
山崎　どんなもこんなもあるかッ。だいたい何や「嫉妬に狂った友也の先輩」って。
沢木　あんたにぴったりの役じゃないか。
山崎　ハハハハ。——ふざけるなッ。なんでオレがそんなことしなきゃあかんねん。
沢木　助けたくないのか、あんたは、この二人を。
山崎　それとこれとは話が違う。
沢木　……わかったよ。何だよ、人が必死になって考えてやってるのにッ。
ヤスコ　……。
沢木　いいか、オレはあんたらに協力してもビタ一文儲かるわけじゃないんだからなッ。
友也　……。
沢木　だいたい、もしもオレが依頼人を裏切ってあんたらにこんなことさせたなんてことがア

友也　イツらにわかったら、オレも物凄くまずい立場に追い込まれるってことを忘れないでくれよッ。
沢木　けど——。
友也　けど何だよ。
沢木　オレたちがあんたに「助けてくれ」って頼んだわけでもないでしょ。
友也　（友也を睨んで）……。
沢木　あ、いや、だからって嫌だとか言ってるわけじゃないですよ。
友也　そりゃオレだってこんな面倒に巻き込まれたかないよ。けど、あんたら見てると誰かが何とかしてやんないとどうしょうもないだろうッ。
沢木　まあ。
友也　じゃあ他にあるのかッ。今、オレが提案した計画以外に、あんたらが逃げられる方法がッ。
人々　……。
山崎　さっきの話やけどな。
沢木　あン？
山崎　オレの気持ちのことや。
沢木　もういいよ。
山崎　そうやない。オレが腹を立てたのは計画そのものやないねん。
友也　と言うと？
山崎　オレが腹を立てたのは、その計画に参加するオレの気持ちの確認なしに物事が進められてるちゅう点や。

沢木　だから何だよ。
山崎　聞いてないやろ、あんた、オレの気持ちを。
沢木　何が言いたい？
山崎　沢木さんでしたよね。
沢木　ああ。
山崎　つまり、あんたはそんな芝居を打ってまでこの二人を助けてやろうというわけや。
沢木　そうだよ。
山崎　そして、このオレにその芝居に協力してほしい、と。
沢木　ああ。
山崎　面白いやないかい。
友也　え？
山崎　それで二人が助かるならオレも手を貸そうやないかい。
友也　先輩――。
山崎　「ヒヒヒヒ。その女は誰にも渡さんッ」――。

と拳銃を構える山崎。

友也　ハハハハ。
ヤスコ　貸さなくていいッ。
山崎　心配すんな。他人を騙すのはお手のもんや。
沢木　……。

山崎　だが、細かいところで確認が必要やけどな。
沢木　……。
山崎　これでわかってもらえたかな、置き去りにされたオレの気持ちを。
沢木　置き去りにして悪かった。ハハハハ。
山崎　ハハハハ。よし、そうと決まったら打ち合わせや。
友也　ハイッ。
山崎　場所、変えよう。こうしてお近付きになれたんや。ご馳走しまっせ。近くにうまい焼き肉屋があるんや。そこで詳しい話を。
ヤスコ　またかよ。
沢木　……。
山崎　それに今日はこいつがいい仕事してくれてね。その慰労も兼ねて。
友也　おともします。

と山崎はその場を去る。

友也　ほら、行こう。
ヤスコ　あたしはやるって言ってないからね。
友也　大丈夫だよ。先輩が協力してくれるんだ。きっとうまくいくよ。
ヤスコ　……。
山崎(声)　何してるッ。早くしろッ。
友也　ハーイ。ほら、沢木さんも。

とその場を去る友也。
舞台に残るヤスコと沢木。

ヤスコ　止めてよ、そんなボケッとしてないでッ。
沢木　逃げたいんだろう、友くんと。
ヤスコ　……。
沢木　この計画がうまくいけば、追っ手は来ない。そうすれば、友くんがあの野郎に世話になる必要もない。別の仕事を探して地道にやってくことだってできるさ。
ヤスコ　……。
沢木　それがあんたの望みなんじゃないのか。
ヤスコ　……。
沢木　行こう。
ヤスコ　どこへ？
沢木　あいつに焼き肉をご馳走してもらいにだよ。
ヤスコ　もーッ。

と憤懣やるかたなくその場を去るヤスコ。
沢木は先輩＝観客に語る。

沢木　今になって思うと、なんであんな馬鹿げた提案をしたのか――我ながらわかりません。

けど、こう言っちゃナンですけど、オレはヤスコちゃんを——先輩の妹を何とか助けてやりたいと思ったからこそ、あんな提案をしてしまったわけで。その結果がどういうことになったか——。

と沢木はその場を去る。

10　ヤスコと友也

その日の深夜。
山崎のマンション前の公園。
ヤスコが出てくる。
サッカーボールを弄んでいる。
とそこに上機嫌の友也がやって来る。

友也　ヤッちゃん！
ヤスコ　……。
友也　何だよ、一人で。酔っ払ったのか？
ヤスコ　ううん。
友也　急にいなくなるなよ。心配するじゃないか。
ヤスコ　先輩たちは？
友也　哲郎くん呼んで打ち合わせしてる。
ヤスコ　そう。
友也　何だよ、心配なのか、明日のこと。
ヤスコ　そうね。

友也　けど、先輩が協力してくれるんだ。きっとうまくいくよ。
ヤスコ　だといいけど。

遠くで車の走行音。

ヤスコ　この時間になると結構、静かね。
友也　うん？
ヤスコ　ここ。
友也　そうだね。ハハ。（とふざける）
ヤスコ　ヤだ。酔ってるの？
友也　ちょっとね。ハハハハ。
ヤスコ　気が小さいから飲まないとやってられない？
友也　その通り。ハハハハ。
ヤスコ　……。
友也　しかし、あの探偵さんも親切だよな。
ヤスコ　何が。
友也　オレたちのためにこんなこと。
ヤスコ　おせっかいとも言えるけど。
友也　そんなこと言うなよ。しくじったらあの人だって大変だろ。
ヤスコ　そりゃそうかもしれないけど。
友也　兄貴の友達って言ってたけど。

ヤスコ　うん。
友也　どんな友達なの？
ヤスコ　よくは知らない。
友也　ふーん。

とサッカーボールを弄ぶ友也。

ヤスコ　楽しい？
友也　何が。
ヤスコ　今の仕事。
友也　……そんなことないよ。
ヤスコ　……。
友也　けど、よくわかったよ。
ヤスコ　何が。
友也　こういう活かし方もあるんだなって。
ヤスコ　……。
友也　ハハハハ。芝居はやっとくもんだよなあ。
ヤスコ　……。
友也　オレさ、先輩にこの仕事誘われた時、最初は凄い嫌だったんだよ。
ヤスコ　……。
友也　けど、結構、向いてる。ハハハハ。

ヤスコ　……。
友也　そんな顔するなよ。冗談だよ。
ヤスコ　……。
友也　そりゃヤッちゃんが嫌がるのよくわかるけど。
ヤスコ　……。
友也　こんなことでもしないと生きてけないもんな、今のオレたち。
ヤスコ　……。
友也　心配するなよ、先輩が引っ掛けた女の方もうまくいきそうだし。
ヤスコ　……。
友也　そしたらまとまった金も手に入るしさ。
ヤスコ　……。
友也　そりゃ前みたいな贅沢はさせてやれないけどさ。

ヤスコ、友也に向かい合う。

友也　何だよ。
ヤスコ　友くん、これからどうするの？
友也　どうするって？
ヤスコ　明日、計画がうまくいったとして、その後よ。これからも先輩の言いなりになって、そんな仕事していくの？
友也　……。

ヤスコ　そんなことするために逃げてきたの？
友也　……。
ヤスコ　そんなことして生きてくの？
友也　違うよ。けど、仕方ないだろ、とりあえずやってくには。
ヤスコ　そんなことない。そんなことしなくてもやってけるよ、きっと。
友也　どうやって？
ヤスコ　だからここじゃないところへ行って、違う仕事、探して——。
友也　ハハハハ。そんなに簡単にいくかよ。
ヤスコ　やってみなけりゃわかんないでしょッ。

遠くで車の走行音。

友也　ヤッちゃんの言いたいことはわかるよ。けど、今はこうするしないんだよ。わかるだろ？
ヤスコ　……。

と友也の携帯電話が鳴る。

友也　あ、ごめん。（出て）ハイ、あ、すぐ近くです。マンションの前の公園に。ええ、ヤスコといっしょに。——わかりました。すぐに戻ります。——ハイ。

と電話を切る。

友也　戻ろう、先輩が呼んでる。
ヤスコ　……。
友也　何だよ。
ヤスコ　すぐに行く。先に行って。
友也　早く来いよ。

とその場を去る友也。
とそこに出てくる沢木。
ヤスコ、携帯電話を出す。

ヤスコ　……。

友也とは反対方向に去るヤスコ。
と沢木が出てくる。

沢木　そして、こんな夜が明け、中村と対面する舞台の本番がやってきました。

と沢木はその場を去る。

11　中村到着

中村が宿泊しているホテルの一階にある喫茶店。
中村がやって来る。
中村、沢木を探している。
とウェイターの格好をした哲郎が出てくる。

哲郎　失礼ですが、中村様でいらっしゃいますか。
中村　そうだが。
哲郎　沢木様に承っております。どうぞ、こちらへ。
中村　沢木は？
哲郎　間もなく。――どうぞ。

と中村を椅子に誘導する哲郎。
それに続く中村。
そこへ沢木がやって来る。

沢木　おはようございます。夕べはバタバタしてすいませんでした。

中村　そんなことより――。
沢木　ま、立ち話もナンなんでお掛けください。

と中村に椅子を勧める沢木。
椅子に座る中村。

沢木　珈琲でいいですか。
中村　ああ。
沢木　（哲郎に）珈琲二つ。
哲郎　かしこまりました。

とその場を去る哲郎。

沢木　すぐわかりましたか。
中村　何が。
沢木　このホテル。
中村　ああ。
沢木　すいません。遠くからご足労かけまして。
中村　そんなことより、女はどこだ。
沢木　男の先輩のマンションに。ここからそんなに遠くじゃありません。
中村　案内してくれ。

と立ち上がる中村。

沢木　そう急がなくても女は逃げませんよ。

中村　……。

沢木　それに、ひとつあらかじめお伝えしとかなきゃならないことが。

中村　……何だ。

沢木　はあ。

と椅子に座る中村。
哲郎が珈琲を二つ持ってやって来る。

哲郎　お待たせしました。

と珈琲をテーブルに置く哲郎。

哲郎　ごゆっくり。

と哲郎はその場を去る。

中村　女がごねてるのか。

沢木　そっちは大丈夫だと思うんですが、もうひとつ。
中村　もうひとつ？
沢木　実はこれから行く部屋の持ち主が。
中村　持ち主？
沢木　ハイ、男の先輩で山崎っていうんですが。
中村　そいつがどうした？
沢木　そいつ、昔、女と付き合いがあったみたいで、何と言うか、再び恋の炎がメラメラと。
中村　ヤスコとか？
沢木　ハイ。
中村　こっちに来てからか。
沢木　ハイ。と言っても一方的なアレですけど。
中村　……。
沢木　「あんたの出る幕じゃないんだッ」と強く言ってはおきましたが。
中村　そいつも部屋にいるのか。
沢木　ハイ。一応、部屋の主ですから。
中村　何者だ。
沢木　よくわかないんですよ、それが。ただ――。
中村　ただ何だ。
沢木　友也が言うには精神科の通院歴があるそうです。
中村　……。
沢木　まあ、この期に及んでガタガタ言うようなら、中村さんが一発かましてくれりゃあ身を引いてはくれるとは思うんですが。

と珈琲を飲もうとする中村。
しかし、飲まない。

沢木　(見て)……。
中村　──行こう。
沢木　あの。
中村　うん。
沢木　珈琲は?
中村　もういい。それより──。

沢木、珈琲を飲む。

沢木　……あーッ。

と大きな声を出す沢木。

中村　何だ。
沢木　すいません。ちょっと待ってください。
中村　?

沢木　（奥に）ちょっと、そこの——君！

と怒鳴る沢木。
哲郎が出てくる。

哲郎　ハイ、お呼びでしょうか。
沢木　何だよ、この珈琲はッ。もう少しマシな珈琲が出せないのかッ。
哲郎　どういうことでしょうか。
沢木　どういうこととかじゃないよ。どういう淹れ方するとこういう味になるんだよッ。
哲郎　お静かに、お静かにお願いします。
沢木　いったいどういう神経してんだよッ。
中村　おい——いきなり何怒ってる？
沢木　この珈琲ですよ。こんな不味い珈琲出しといて金を取ろうって魂胆が浅ましいじゃないですかッ。
中村　そんなに不味いか、これ。
沢木　不味いですよッ。
中村　そんなことないんじゃないか。
沢木　ちゃんと飲んでないから中村さんはそんなことが言えるんですよッ。
中村　そうか？
沢木　そうですよ。（哲郎に）支配人を呼んでくれッ。
中村　ちょっと待てッ。そんなことしてる場合じゃねえだろう。

沢木　いや、こういうことはハッキリさせとかなきゃいけませんｎ。飲んでないじゃないですか、現に、あなた。

中村　……。

沢木　(哲郎に) 何だ、何か言いたいことがあるのかッ。

哲郎　お言葉ですが、当店の珈琲はこの界隈でも人気の珈琲でございまして――。

沢木　じゃあ飲んでみろよッ。

哲郎　そう言われましても――。

沢木　お前じゃ話にならんッ。支配人を呼んでくれッ。支配人！

哲郎　お静かに、お静かに願いますッ。

　　中村、珈琲を全部飲む。

中村　……美味いよ。騒がせて悪かったな。これで勘弁してくれ。

　　と哲郎に札を握らせる中村。

中村　行くぞッ。早くしろッ。

　　とその場を去る中村。
　　哲郎と沢木、にやりとする。
　　そして、沢木は中村を追う。

哲郎、携帯電話を出して連絡する。

哲郎　もしもし、哲郎です。今、ホテルを出ました。第一段階は成功です、ハイ。（架空のホテルの客に）――いらっしゃいませッ。

哲郎は珈琲を片付けて反対側に去る。
と沢木が出てくる。

沢木　こうして、オレたちは山崎たちの協力を得て、この男の目を欺くための作戦を実行したんです。しかし、オレはまだこの時、知りませんでした。先輩の妹が――あの女があんな行動に出ることを。

と沢木はその場を去る。

12　みなの来訪

山崎のマンションの部屋。
同日の午後。
友也とヤスコがいる。
友也、うろうろと部屋を歩き回る。

ヤスコ　ねえ。
友也　うん。
ヤスコ　座りなさいよ。
友也　なんで？
ヤスコ　なんでって——気が散るから。
友也　知ってるだろ。
ヤスコ　何を。
友也　オレが舞台の本番に弱いってこと。
ヤスコ　まあ。

山崎が拳銃を持って隣室から出てくる。

山崎　今、ホテルを出たと連絡があったで。第一段階は成功や。
友也　……。
山崎　何や、そんな顔して。心配なのか。
友也　まあ。
山崎　ドーンと行け、ドーンと。この前だってちゃんとやり遂げたんや。今度もうまくいくよ、きっと。
友也　ハイ。
山崎　（銃を構えて）「その女は誰にも渡さん！」——ハハハハハ。
友也　ハハハハ。
ヤスコ　ねえ。
山崎　何や。
ヤスコ　その薬飲むとどうなるの？
山崎　気分がよくなって、見たものを信じやすくなるんや。
ヤスコ　……女ダマす時に使うんだ。
山崎　まあ、な。へへへへ。

とピンポーンと呼び鈴が鳴る。
ドキッとする二人。

山崎　（腕時計を見て）ずいぶん早いな。

再びピンポーンと呼び鈴。

山崎　ハーイ、今開けますッ。（二人に）ええな。——ええなッ。
友也　ハイッ。

山崎、玄関へ去る。
ドアが開く音。

山崎（声）　どうぞッ——ひえッ。
みな（声）　ごめんなさい、いきなり。
山崎（声）　どどどどどうして——ここがッ。
みな（声）　その説明は後。入ってもええ？
山崎（声）　いや、その、ちょっと——。
みな（声）　誰かいるん？
山崎（声）　ちょっと待っててもらえますかッ。ごめんなさいッ。ハハハハ。

と山崎が戻って来る。

友也　誰ですか。

山崎、ソファに座って頭を抱える。

山崎　まずいことになった。
友也　何が？
山崎　あの女や。
友也　女？
山崎　オレのフィアンセ、お嬢様ッ。
友也　えッ。
山崎　お前といっしょのところを見られるとまずいッ。隠れろッ。
友也　え？
ヤスコ　いいから隠れろッ。すぐに追い返すからオレがええ言うまで出てくるなッ。

と友也を隣室に隠れさせる山崎。

ヤスコ　あたしは？
山崎　お前は——オレの秘書や。ええなッ。
ヤスコ　……。
山崎　ええなッ。
ヤスコ　わかったわよ。
山崎　くそッ。なんでここが——。

と玄関に出て行く山崎。

山崎（声）　どうもお待たせしましたッ。ハハハハ。

とみながやって来る。
ヤスコは立って出迎える。

ヤスコ　いらっしゃいませ。

山崎も戻ってくる。

山崎　あ、こちらは秘書のヤスコくんです。
ヤスコ　ヤスコです。先生がいつもお世話になっております。
みな　仕事中でした？
山崎　ええ、まあ。ヤスコくん、ここはいい。君はあっちへ。
ヤスコ　ハイ。
みな　あの——。
ヤスコ　ハイ？
みな　……いえ、何でもありません。
ヤスコ　失礼します。

と隣室へ去るヤスコ。

みな　ほんとにごめんなさい、突然。
山崎　いえいえ――それよりよくここがわかりましたね。
みな　ふふふふ。怒らんといてね。
山崎　ええ。
みな　この前、尾行けてきたん。
山崎　つけた？
みな　そう。この前、変な男にアレされた夜――。
山崎　……そうですか。ハハハハ。
みな　悪かったとは思うとる。けど、あなたのこと、心配で。
山崎　はあ。
みな　それに、あなた住んでるとこ教えてくれへんから。
山崎　そうでしたっけ？
みな　今、お邪魔じゃないかしら？
山崎　申し訳ありません。実はこれからお客様が、ここに。
みな　お客様？
山崎　そう。
みな　どなたが？
山崎　ちょっと説明しづらいんですが、まあ、友人です――仕事関係の。
みな　そう。……ふふ。よう似合っとる。

山崎　ハイ？
みな　あたしのプレゼント。
と山崎のネクタイを示す。
山崎　ハイ、もう、さっそく。ハハハハ。
みな　……。
山崎　それより、今日はどういう――。
みな　うん――早くあなたを安心させてあげたくて。
山崎　安心？
みな、バッグから厚い封筒を出す。
山崎　これは――。
みな　お金よ、この前、あのやくざにアレされた。
山崎　……。
みな　惜しくはないわよ、あなたのためだもの。
山崎、その封筒に手を伸ばす。
みな、それをサッと引っ込める。

みな　けど、これを渡す前にちゃんとあなたの生活を知っておいた方がええと思ったんよ。だって、まだよく知らんことたくさんあるもの、あなたのこと。
山崎　まあ、そうですね。
みな　だから、こうしてここを訪ねたってわけ。
山崎　なるほど。

みな、部屋を眺める。

みな　想像してたのと違う。
山崎　何がですか。
みな　このお部屋。もっと本がたくさんあると思うとった。
山崎　倉庫にあるんです、たくさんあるもんで。
みな　そう。そっちの部屋は何？

と隣室へ行こうとするみな。

山崎　（遮って）ベッド・ルームですよ。
みな　見たらダメ？
山崎　ちょっと散らかってるもんで。ハハ。
みな　……そう。

とピンポーンと呼び鈴が鳴る。

山崎　！

みな　あら、お客様が来たみたいね。

山崎　じゃあ、今日はこれで。ほんとにごめんなさいッ。

とみなを引っ張る山崎。

みな　痛いわ、そんなにアレしちゃ。

山崎　あ、ごめんなさい。

みな　そんなあわてることないでしょ。あたしあなたのフィアンセなんやから、ご挨拶だけでもさせてください。

再びピンポーンと呼び鈴。
ヤスコが隣室から出てくる。

ヤスコ　先生、どうしましょう、取り次ぎますか?

山崎　……もちろん。

ヤスコ　では——。

と玄関へ去るヤスコ。

みな　どなたなの、お客様は？

玄関とみなの間で迷う山崎。

といきなりみなを自分に引き寄せる山崎。

みな　なになに何ッ。

山崎　挨拶は後回しにしてそっちの部屋に行きましょう。

みな　え？

山崎　ほしいんです、今すぐあなたが！

とみなを狂おしく抱き締める山崎。

みな　そんな——。

山崎、みなを抱き締めたまま友也へ合図を送る。

友也、そろりそろりと出てくる。

山崎、みなの手を取って隣室に去る。

ヤスコが玄関から戻ってくる。

ヤスコ　来たわよ。

友也、隣室と玄関を交互に見てあわてる。

友也　どどどどうしよう！

と山崎が隣室から出てくる。

山崎　こっちはオレが何とかする。そっちも頑張れッ。

と隣室に去る山崎。

13 作戦の顚末

沢木の「こちらです」という声。
沢木に案内されて中村がやって来る。
中村、ちょっとふらふらしている。

沢木　(中村へ)あ、どうぞ、こちらへ。

と中村をソファに座らせる。

沢木　あんたらも——ほら。(とヤスコをソファに促す)
友也　その前にちょっと——。

と沢木を部屋の隅に引っ張る友也。
「山崎の女があっちに来てる!」と伝える友也。

沢木　何ッ?
中村　何か問題が?

沢木　いえ——。ハハハハ。ほら、座って。

とヤスコと友也をソファに座らせる沢木。
テーブルを挟んで対面する中村とヤスコたち。

中村　あんたが延岡友也か。
友也　ハイ。
中村　昔の芝居仲間——。
友也　ハイ。

と奥の部屋からみなと山崎の「ダメよ、こんなとこでッ」「ええやないか、ええやないかッ」という声。

中村　誰かいるのか？
沢木　ハイ？
中村　玄関に女ものの草履(ぞうり)があったが。
沢木　……ああ、そうです。ちょっとこの部屋の主の連れが。
中村　何してる？

と奥の部屋からみなと山崎の「ダメよ、こんなとこでッ」「ええやないか、ええやないかッ」という声。

沢木　あ、その――女を連れ込んでるらしいんですッ。
中村　……？
沢木　すいませんッ。不審に思うのももっともですが、さっき言った通り、ヘンなヤツです。できればそっと――。

と平身低頭して謝る沢木。

中村　場所を変えた方がいいんじゃねえか。
ヤスコ　いいえ、ここがいいわ。……まあ、いい。
中村　……。
ヤスコ　ずいぶんと面倒をかけてくれましたね、ヤスコさん。
中村　……。
ヤスコ　しかし、もう我がままはここまでです。
中村　……。
ヤスコ　わたしといっしょに東京へ戻ってください。

と奥の部屋からみなと山崎の「ダメよ、こんなとこでッ」「ええやないか、ええやないかッ」という声。

中村　……場所、変えよう。
沢木　（それを止めて）いや、ここでお願いしますッ。黙らせますから。
　　沢木、隣室に行く。
沢木（声）　来客中だッ。少しは場所を考えろッ。
　　戻ってくる沢木。
沢木　バシッと言いました。もう大丈夫です。ハハハハ。
中村　……何か言うことは？
ヤスコ　傷、治ったの？
中村　お陰様で。（と小指を見る）
ヤスコ　そう、それはよかった。
中村　……。
沢木　（友也に合図する）
　　と友也が土下座する。
友也　申し訳ありませんでしたッ。
中村　……。

友也　こんなことになってみなさんに迷惑かけたと思ってます。
中村　……。
友也　こっちに来てからよく話し合いました、彼女と。
中村　……。
友也　このまま逃げ続けるのもひとつ――そうも思いました。
中村　……。
友也　けど、この人（沢木）に「アイツらを舐めない方がいい」――そう言われて。

と着物の乱れを気にしながらみなが出てくる。

みな　どうもお騒がせして――ふふふふ。

みなが来たので、あわてて中村の側につく友也。

みな　（友也に気付き）あんたは確か――。
友也　……へへへへ。また会ったね、お嬢さん。

と山崎が追いかけてくる。

山崎　大丈夫ですッ。こっちは秘書に任せて、わたしたちはあっちへッ。

とみなを隣室に連れ戻す山崎と沢木。

中村　（友也を睨む）

友也　あ――どうもすいませんでしたッ。

と土下座する友也。

中村　今のは？

沢木　あーこの部屋の主です、例の、頭のおかしい。ハハハハ。

友也　ハハハハ。

とみなと山崎がもみ合いながらやって来る。

山崎　こっちは秘書に任せてありますから、わたしたちはあっちへ――。

みな　いいえ、あたしが話しますッ。

再び中村の側へ行く友也。

みな　誰なん、あんた（中村）――？

山崎　えーそのアレですよ、怪我をしたその男の友達ですよッ。

人々　……。

と中村と肩を組む友也。

友也 ……へへへへ。また会ったね、お嬢さん。
山崎 行きましょう、あっちへッ。

とみなを隣室へ引っ張って去る山崎と沢木。

友也 ハハハハ——すいませんでしたッ。

と土下座する友也。

中村 ひとつ聞きてえんだが。
沢木 ハイ。
中村 ここでいったい何が起こってる？
沢木 いろいろです。ほんと訳わかりません。ハハハハ。

沢木、友也に合図する。
そして、隣室へ去る。

友也 とにかくです。とにかく、いくらオレたちが愛し合っていたとしても、あなたたちから

中村　逃げ切ることなんかできない——。
友也　……。
ヤスコ　彼女はまだ納得してないみたいだけど、オレはそう思います。
友也　……。
ヤスコ　もう終わりだ、ヤスコ。
友也　……。
ヤスコ　だからこの人といっしょに東京へ帰ろう。
友也　……。
ヤスコ　いいな。
友也　……。
　　いいなッ。

　　ヤスコ、立ち上がる。

ヤスコ　嫌よッ、そんなの！　絶対に嫌ッ。
友也　こうなった以上仕方ない。あきらめるんだッ。

　　沢木と山崎の声が隣室から聞こえる。

沢木（声）　何やってるッ。出番だッ。
山崎（声）　うるさいッ。こっちはそれどころやないんやッ。

再びもみ合うヤスコと友也。

ヤスコ ……嫌よッ、そんなの！　絶対に嫌ッ。

友也 こうなった以上仕方ない。あきらめるんだッ。

沢木（声） 頼むよ、ほらッ。

山崎（声） 何度も言わせるなッ。お前がやれッ。

と沢木が拳銃片手に出てくる。

中村 何だ、どうした？

沢木 （嫌だが）……ヒヒヒヒ。ヤスコから手を放せッ。放さんかッ。

と銃口を友也に向ける沢木。

友也 やめてくださいッ、沢木さんッ。

沢木 黙れッ。その女は誰にも、誰にも渡さんッ。ヒヒヒヒ。

沢木に飛び掛かる友也。

沢木 放せッ、放せぇッ。

と友也を振り飛ばす沢木。
倒れる友也。

沢木　ヒヒヒヒ。死ねえッ。

と友也を撃とうとする沢木。

ヤスコ　やめてッ。

と沢木に飛び掛かり、銃を奪おうとするヤスコ。
もみ合うヤスコと沢木。
と銃声。
倒れるヤスコ。

中村　（愕然と）何やってんだ、お前ッ！

銃声を聞き付けて隣室から出てくるみな。
それを追って山崎。

みな　これはいったい――。

山崎、沢木のところへ行く。

山崎　……ばばば馬鹿野郎ッ。

と沢木を殴り飛ばして銃を奪う山崎。

友也　ヤッちゃん！　ヤッちゃん！

死んでしまうヤスコ。
それを呆然と見ている中村。

山崎　行ってくださいッ。ここはわたしに任せてッ。
中村　……。
山崎　いいんですか、事が公になってッ。
中村　……。
山崎　あんたらとコイツは何の関係もなかった。いいですねッ。
中村　お前は何だ。
山崎　名もない一介の小説家ですッ。
中村　……そうか。
山崎　何してるんですかッ。早く行ってくださいッ。

と中村を部屋から出そうとする山崎。

中村　触るなッ。放せッ。

と山崎を突き飛ばす中村。

倒れてみなにぶつかる山崎。

みな　痛ッ。

山崎　あ、ごめんなさいッ。

友也は沢木に詰め寄る。

友也　なんでだッ。なんでこんなことをッ。

沢木　好きだったんだッ。許して、許してくれッ。

と死んだヤスコが笑い出す。

ヤスコ　……ハハ、ハハハ、ハハハハ。

びっくりする人々。

ヤスコ、起き上がって、おもむろにソファに座る。
それを呆然と見ている人々。

ヤスコ　もういいわ――やめましょう。
中村　……。
ヤスコ　（中村に）ごめんなさい、わけがわかんないでしょ。
中村　……。
ヤスコ　オモチャなの、それ。

と山崎の持っている拳銃を示す。

ヤスコ　いろいろご迷惑をかけました。

と中村に頭を下げるヤスコ。

ヤスコ　心配しないで。もうジタバタしないから。
中村　……。
ヤスコ　怒ってるでしょうね、あの人。
中村　……。
ヤスコ　そりゃそうよね。散々世話になっていながら、こんなことするなんて。
中村　……。

ヤスコ　けど、あたしね、絶対に帰らないって決めてたのよ。
中村　……。
ヤスコ　なぜって、友くんのこと好きだもん。
友也　……。
ヤスコ　けど、やっぱりダメみたい。
友也　ヤッちゃん――。
ヤスコ　ハハハハ。この人、こっちに来て何してるか知ってる？
中村　……。
ヤスコ　先輩に唆(そそのか)されてこの人（みな）欺してお金、取ろうとしてるのよ。
友也　おい――。
ヤスコ　そんなのってある？
友也　……。
ヤスコ　あたしは友くんと貧乏でもいいからもう一度最初からやり直したいと思って、旅に出たのに。
沢木　……。
ヤスコ　だから、あなたの言う通り――おとなしく東京へ帰ります。
中村　……。
ヤスコ　それでいいのよね、友くん？
友也　……。
ヤスコ　沢木さん――。

と沢木を見るヤスコ。

ヤスコ　いろいろお世話に。ごめんなさい。

と頭を下げるヤスコ。

ヤスコ　(中村に) 行きましょう。

中村　……。

ヤスコ　何してるのよ。もういいの。おとなしく東京へ戻ってオトシマエでも何でもつけるわよ。

中村　……。

ヤスコ　何黙ってんのよッ。それがあの人の望みなんでしょッ。

中村　ハハハハハ。

と笑い出す中村。

ヤスコ　何よ。

中村　何もわかってねえな。

ヤスコ　え？

中村　ま、あんたがそう思うのも当然だが。

ヤスコ　どういう意味よ。

中村　あんたは東京に連れ戻されて、社長に嫌と言うほど殴られるとでも思ってんのか？

ヤスコ　……？

中村　「若い男と逃げやがっていったいどういうつもりだッ」「今度は逃げられねえようにシャブ漬けにしてやるぜ」「いやいや、逃げた男といっしょに東京湾に沈めちまうか。へへへへ」――。

ヤスコ　……。

中村　社長が倒れた。

ヤスコ　え？

中村　二週間前のことだ。

ヤスコ　……。

中村　医者の診断じゃもうそう長くねえってことだ。

ヤスコ　……。

中村　病院のベッドで社長はオレにこう言った。

ヤスコ　……。

中村　「ヤスコに未練はねえが、できればもう一度だけ会いてえ」とな。

ヤスコ　……。

中村　オレの口から言うのもおこがましいが。

ヤスコ　……。

中村　忘れるんじゃねえぞ。

ヤスコ　……。

中村　いくらやくざでも、社長は社長であんたのことを大事に思ってるってことを。

ヤスコ　……。

中村　オレは社長に恩義を受けた人間だ。
ヤスコ　……。
中村　だから、オレはあんたを探したんだ。
ヤスコ　……。
中村　（沢木に）事情を話さなかったオレも悪かったかもしれねえが。
沢木　……。
中村　それともうひとつ。
ヤスコ　何よ。
中村　どうもさっきから妙に気分がいいのはなぜだ。
沢木　すいませんッ。そんなこととは露知らず、その——何と言うか、ちょっとした薬を。
中村　……だと思ったぜ。ハハハハ。
沢木　すいませんッ。けど、むしろ健康にはいい薬らしいですからご心配なく。

と土下座して謝る沢木。

ヤスコ　ごめんなさい、本当に。あたし、そんなこととは全然——。

と中村に謝るヤスコ。

中村　そういうわけだ。だから、いっしょに来てもらえるな。
ヤスコ　わかったわ。

みな　行く前にひとつだけ。

とみなに注目する人々。

みな　あんたやね。電話であたしにこの場所教えてくれたん。
沢木　え？
ヤスコ　(うなずく)
みな　ふふふふ。そうやと思った。
ヤスコ　……。
みな　けど、あなたに教えてもらわなくてもわかっとんたんよ。
ヤスコ　え？
みな　大阪府警の秋吉です。

と警察手帳を出すみな。

山崎　嘘やろ。ハハハハ――ほえーッ。

と驚愕する山崎。

みな　ご協力に感謝します。これでこの人を引っ張れる証拠はだいたい揃うたんで。
友也　先輩――。

山崎　何も言うなッ。慰められたら——泣いてしまいそうや。
みな　そこのあんた——。

と友也を示すみな。

みな　今回は大目に見ます。けど二度とこんな真似はしないように。ええね。
友也　（うなずく）
みな　任意ですけど、同行してもらえますよね、松永栄一郎先生——いや、山崎学さん。

みな、山崎に手を差し出す。
山崎、拳銃をみなに渡す。

みな　ありがとう。こっちの事情はよく知りませんけど、ご協力に感謝します。（山崎に）署までご同行願います。
山崎　……。
みな　まだ何か？
山崎　友也、先輩としてひとつ忠告を。
友也　ハイ。
山崎　この女（ヤスコ）はとんだ疫病神や。絶対に別れた方がええ。……うおーッ。

と苦悩してその場を去る山崎。

みな　お邪魔しました。

とそれに続くみな。

中村　行きましょう。

ヤスコ、隣室に去る。
中村、立つ。
ふらりとする中村。
沢木、助けようとする。

中村　触るなッ。人の助けは借りねえ主義だ。

と沢木を振り払う中村。
舞台に残る友也、沢木、中村。
ヤスコ、隣室から旅行用のキャリーバッグを持ってくる。

ヤスコ　東京への切符は？
中村　もう取ってある。

と切符を懐から取り出す中村。

ヤスコ　（受け取って）行きましょう。

ヤスコ、出入り口付近で立ち止まる。

ヤスコ　やっぱり本当ね。
友也　……？
ヤスコ　旅行に行くとよくカップルは別れるっていうの。
友也　……。
ヤスコ　さよなら。

と笑顔で友也に言い、その場を去るヤスコ。

中村　（沢木に）社長のことは他言無用だ。いいな。
沢木　それはもう。
中村　それと、舐めた真似をしたぶん、残りの報酬はねえと思え。
沢木　ハイッ。
中村　どちらにせよ、いろいろご苦労だった。
沢木　こちらこそッ。——あの、気分は。
中村　とてもいい。

沢木　それはよかった。ハハハハ。

とその場を去る中村。

14 沢木の気持ち

その場に座り込む友也。

沢木　ハハハハ。
友也　何ですか。
沢木　いや、次から次へといろんなことが起こって目が回った。
友也　……。
沢木　しかし、参ったよな。
友也　何が。
沢木　アイツが言ったことだよ、親分さんの。
友也　ああ――。
沢木　なら最初からそう言えって、ッたく。
友也　……。
沢木　とんだ骨折り損のくたびれ儲けだ。ハハハハ。
友也　言っとくけど、これは全部あんたが言い出しことだからな。
沢木　わかってるよ。すまなかった。
友也　……。

沢木　いいのか？
友也　何が。
沢木　これで。
友也　いいよッ。ちくしょうッ。しょせんやくざの女だよ。
沢木　……。
友也　あいつのためにいろいろやってやったのにッ。
沢木　……。
友也　せいぜいやくざの親分に可愛がってもらえばいいよッ。
沢木　……。
友也　何ですかッ。あんたもオレをダメ男だって思ってんですかッ。
沢木　いいや。
友也　……。
沢木　ま、これで終わればそう思うかもしれないけどな。
友也　どうしろって言うんですかッ。
沢木　それはあんた次第だ。
友也　……。
沢木　あんたにこんなこと言うのはナンだけど。
友也　……。
沢木　彼女の兄貴は刑事でな。オレの高校の先輩だ。サッカーがうまくてな。
友也　……。
沢木　聞いたことあるか？

友也　何となく。
沢木　オレは一度、その兄貴に命を救われたことがある。
友也　……。
沢木　ずいぶん前の話だけど。
友也　……。
沢木　ヘマをやってね、仕事で。
友也　……。
沢木　調べてた野郎が麻薬の密売人でさあ。
友也　……。
沢木　そいつが悪党で、その濡れ衣を着せられた。
友也　……。
沢木　あの時はヤバかったぜ、ほんとに。
友也　……。
沢木　そいつらの仲間に囲まれて、ボコボコにされて。一歩間違えれば、それこそ東京湾に沈められてたかもしれない。
友也　……。
沢木　それを助けてくれたのがその兄貴だった。
友也　……。
沢木　それ以来、何年かの間、その兄貴の仕事を手伝った。ほら、こういう仕事だからさ、何かと便利なんだよ、刑事さんには、オレみたいなのが。
友也　……。

沢木　いいヤツでさあ。
友也　……。
沢木　ま、あんたの「先輩」と違ってモテはしなかったけど。ハハ。
友也　……。
沢木　ま、ずいぶん前に交通事故で死んじまったけど。
友也　……。
沢木　オレもアイツ（中村）と同じだよ。
友也　……。
沢木　（中村を真似て）「オレは社長に恩義を受けた人間だ」――。ハハ。
友也　……。
沢木　彼女言ってたぞ。
友也　……？
沢木　「下北沢で芝居やってるあんた見て、感動した」って。
友也　……。
沢木　彼女は見たかったんだよ、また。
友也　何を。
沢木　舞台の上で輝くあんたの姿を。
友也　……。
沢木　人を傷つけてダマすような芝居じゃなく――。
友也　……。
沢木　余計なことだったかな。

友也　……。

とそこへ哲郎がやって来る。
哲郎はタクシー運転手の格好をしている。

哲郎　どうもお疲れ様です――逃走用の車、用意できましたッ。
沢木　いろいろご苦労様。けど、その必要はなくなった。
哲郎　どういうことですか。
沢木　見ての通りだ。
哲郎　大成功？
沢木　逆だ。女は連れて行かれ、あんたの師匠は警察に捕まった。
哲郎　まじっすかッ。
沢木　作戦は大失敗だ――いや、ある意味では大成功だったのかもしれないが。
友也　……。
沢木　哲郎くんだったな。
哲郎　ハイ。
沢木　どのみち君も警察に引っ張られると思うが、あのペテン師のこと、よろしくな。アイツの未来は君の証言次第だ。
哲郎　はあ。

沢木、友也に向き直る。

沢木　短い付き合いだったが、これでお別れだ。
友也　……。
沢木　元気でな。

　　とその場を去ろうとする沢木。

友也　ちょっと待ってくれッ。
沢木　何だ。
友也　こんなことあんたに聞くのもアレだけど。
沢木　ああ。
友也　オレにはまだチャンスがあると思うか？
沢木　チャンス？
友也　ああ。
沢木　何のチャンスだ？
友也　ヤッちゃんとやり直せる――。
沢木　……。
友也　どうだ？
沢木　さあな。しかし――。
友也　しかし何だよ。
沢木　今のままのあんたじゃダメだろうな。

友也、その場を去ろうとする。

沢木 どこへ行く？

友也 決まってんだろう、ヤッちゃんところだ。（哲郎に）車、頼むッ。

哲郎 いいけど、どこへ。

友也 新大阪の駅だ。

哲郎 何しに？

友也 ヤッちゃんが東京へ帰る前に言っておきたいことがあるんだッ。

哲郎 なら、喜んでッ。ぶっち切りでぶっとばしますッ。

と哲郎とともにその場を去る友也。

先輩＝観客に語る沢木。

沢木 こんな次第で、オレたちが計画した作戦は失敗に終わりました。しかし、友也は、最後の最後で新しい作戦に挑みました。誰の協力もなく、ヤスコをあの男から――いや、ヤスコとの未来を取り戻すために。

と沢木はその場を去る。

15　帰京

中村が出てくる。
続いてヤスコ。
中村は大きなキャリーバッグを引いている。
新幹線新大阪駅のホーム。
列車の発着音など。

ヤスコ　悪いわね、持たせて。
中村　……。
ヤスコ　ふふふふ。
中村　何だ。
ヤスコ　馬鹿よね、ほんと。

と携帯電話を出すヤスコ。

ヤスコ　あなたからかかってきたコレに出れば、こんな厄介なことにならずにすんだのに。
中村　まあ、な。

ヤスコ　けど、これでいいのよね、きっと。

しかし、どこか悲しそうなヤスコ。

ヤスコ　親しいの？
中村　何が。
ヤスコ　あの探偵さん。
中村　いいや。一度、ちょっと仕事を頼んだことがあるだけだ。
ヤスコ　そう。
中村　それが何だ。
ヤスコ　あの人もあなたと同じね。
中村　何？
ヤスコ　いい兄貴は持つもんね。
中村　？
ヤスコ　……あら、ごめん。こっちの話。ふふ。

とそこへ友也がやって来る。

ヤスコ　友くん――。
中村　何だ、まだ何か用があるのか。
友也　ええ。

中村、友也の方へ行く。

友也 けど、誤解しないでください。ヤッちゃんを取り戻したいとか、そんなことじゃないですから。もう邪魔はしません。

中村 ……？

友也 ヤッちゃん――。

ヤスコ 何？

友也 よーくわかったよ。

ヤスコ ……。

友也 こうなって、ヤッちゃんにいろいろ心配かけてたこと。

ヤスコ ……。

友也 「遅すぎる！」って言われそうだけど。

ヤスコ ……。

友也 すげえ格好悪いけど。

ヤスコ ……。

友也 オレ、待ってるから。

ヤスコ え？

友也 ヤッちゃんがまたオレといっしょにやっていこうって思ってくれるまで。

ヤスコ ……。

友也 今とは違うオレになって――。

ヤスコ　……。
友也　それだけ言いたかったんだ。
ヤスコ　……。
友也　じゃあ、元気で。――気をつけてね。

とその場を去る友也。

ヤスコ　（見送って）……。
中村　……。
ヤスコ　今さら遅いんだよッ。馬ー鹿ッ。誰が戻ってなんか――。
中村　……。
ヤスコ　ヤだ。変なとこ見られちゃった。ハハ。
中村　……。
ヤスコ　けど、あなたも会社も大変ね。
中村　……？
ヤスコ　あの人が死んじゃったら。
中村　まあ、な。
ヤスコ　……。
中村　しかし――大変じゃない人生はねえ。
ヤスコ　……。

列車の発着音。

ヤスコ　来たわ。行こう。

と中村とともにその場を去るヤスコ。

とキャリーバックを引いた沢木が出てくる。

二人を見送る沢木。

沢木は先輩＝観客に語る。

沢木　これでわかってもらえましたか？「プロの極意は仕事で出会う人間に決して深く関わらないことだ」――そう言った先輩の言葉が身に染みたって訳が。けど、深く関わってしまったからこそ、オレはこういう気持ちになったわけですから、どっちがいいのかよくわかりませんけど。

エピローグ

舞台は冒頭の墓地になる。
沢木は墓の前に行く。

沢木　その後、二人はどうなったか知りたいですか？　実はオレにもわかりません。けれど、そんなことがあってしばらく経ったある日、オレの事務所に小包が届きました。差出人はヤスコちゃんです。なかに入っていたのは――。

と持っていたサッカーボールを示す沢木。

沢木　――これです。どういう意味かよくわかりませんけど、どうやらオレへの感謝の気持ちらしいです。ここにうまくない字で書いてありますから――「ありがとう」って。照れくさいですけど、ちょっと――いや、凄くかな、うれしく思いましたよ。

とボールを掲げる沢木。

沢木　だからというのもアレですけど、今日はオレから先輩へこのヤスコちゃんのプレゼントを贈ります。ヤスコちゃんが先輩の棺に入れてあげられなかったことでもありますし。ハハ。

とサッカーボールをその場に置く沢木。
そして、腕時計を見る沢木。

沢木 あ、もうこんな時間だ。飛行機の時間があるんで、今日はこれで失礼します。札幌に行くんです。今度も男女の色がらみの依頼ではありますが、初恋の人を探すって仕事です。依頼主はとある会社社長の奥様です。まあ、いい年こいたオバサンが、初恋もねえだろうとも思いますが、依頼人にしてみればそれなりの思い入れがあるにちがいありません。

沢木はキャリーバッグを手に取る。

沢木 先輩、オレはまだそっちの世界へ行ってませんけど、いつかは先輩のいるそっちへ行きます。いつまで、こっちで頑張れるかわかりませんけど、こっちにいる限り、こうしてまた先輩に報告することがあるかもしれません。ですから、その時は嫌がらずに聞いてください。オレの旅の途中の報告を。――じゃあ、行ってきます。

と沢木はその場を去る。
舞台に残るサッカーボール。
と飛行機の離陸音。

とヤスコと友也が大きな旅行鞄を持って出てくる。
前景からしばらく後の空港のロビー。
二人はこれから新婚旅行に行くらしい。
楽しそうに笑い合う二人――。
その前方に置いてあるサッカーボール。
と暗くなる。

〔参考文献〕
『探偵裏事件ファイル』（小原誠著／文春文庫）
『詐欺師のすべて』（久保博司著／文春文庫）

あとがき

本書に収録された二つの戯曲は別々の座組のために書かれたものである。

『交換王子』は、「30-DELUX　ON／OFF　MIX」と題されたプロデュース公演として上演されたもの。公演時のタイトルは『リプレイス』というものだったが、自作に『リプレイ』というタイトルの芝居があり、マギらわしいのでタイトルをこのように変えた。また、本来は歌入りの音楽劇として上演された芝居だが、その部分はすべてカットして再構成したものが本作である。立場を入れ換える二人の主人公は、実際に双子の兄弟であるON／OFFのお二人が演じた。

言うまでもなく、マーク・トゥエインの『王子と乞食』を現代を舞台に換骨奪胎したものである。シェイクスピアの『ロミオとジュリエット』を翻案した『プール・サイド・ストーリー』、バーナード・ショウの『ピグマリオン』を翻案した『淑女（レディ）のお作法』という系譜の劇作がわたしにはあるのだが、本作はその第三弾である。

『旅の途中』は、『モナリザの左目』に続いてNana Produceで上演したもの。『モナリザの左目』がシリアスな復讐劇だったので、「全然違うものがいいッ」というプロデューサーの要望でこういうものになった。わたしは今までに笑いのある劇は書いてきたが、真に「コメディ」と呼べるような芝居を書いてこなかったと思っていたので、そういう芝居を作ろうと取り組んだ。「恩返し」をテーマに『モナリザの左目』とは対照的な内容を目指して、このような内容のものになった。上演を経て、その目的は何とか遂げられたように思うけれど、シリアスな芝居よりもコメディは断然、難しいものだと再認識した。

出版に当たっては、毎度のことながら論創社の森下紀夫さんと装丁の栗原裕孝さんのお世話になった。戯曲集を子どもとするなら、お二人はその出産を手伝ってくれるよき助産婦のような人たちである。いつもありがとうございます。そして、この本を手にとってくれたあなたにも最大の感謝を。

二〇一五年七月

高橋いさを

上演記録

『交換王子』（『リプレイス』改題）

■日時／二〇〇九年八月二十六日〜三十一日
■場所／新国立劇場小劇場
■日時／二〇〇九年年九月五日〜六日
■場所／福岡西鉄ホール
■日時／二〇〇九年九月九日〜十日
■場所／名古屋テレピアホール

［スタッフ］

○企画・構成／30-DELUX＋ON／OFF
○作／高橋いさを（劇団ショーマ）
○演出／ＩＫＫＡＮ（オフィス★怪人社）
○音楽／ＹＵＫＩＹＯＳＨＩ
○作詞／ＩＫＫＡＮ・ＭＡＩ
○音響／ヨシモトシンヤ・新井のどか
○照明／橋本剛（株アスティック）
○美術／松本わかこ
○大道具／夢工房
○出道具／ステージ・ファクトリー
○衣裳／清水喜代美

○ヘアメイク／古橋香奈子・伊佐千秋
○武器製作／湯田商店
○演出部／伊藤久美子
○演出助手／横山望・中村千春
○殺陣指導／ＴｅａｍＡＺＵＲＡ
○振付／松尾耕・ｉｍｕ・小枝子・ＴＡＫＵＹＡ
○舞台監督／亀井則之
○宣伝美術／刑部一寛・石川ゆかり
○宣伝写真／小島マサヒロ
○制作／角田典子
○制作協力／後藤まどか
○プロデューサー補／鈴鹿貴則
○プロデューサー／清水順二

［出演］

○羽村俊人／坂本直弥（ＯＮ／ＯＦＦ）
○小島吉平／坂本和弥（ＯＮ／ＯＦＦ）
○堀江／清水順二
○木島／タイソン大屋
○奥井リエ／佐藤美貴
○奥井高志／ＯＨ－ＳＥ（電撃チョモランマ隊）
○黒沢／秋山真太郎

○諸岡／土屋雄
○静香／ＭＡＩ
○美鈴／石井明日香
○門馬／後藤健流
○岡村／関根裕介
○ジュン／川田光太
○トッポ／天野博一
○ゴリ／茂木祐輝
○ナナ／押田美和
○マスター／上條恒

『旅の途中』

■日時／二〇一二年二月二十二日〜二十八日
■場所／中野劇場ＨＯＰＥ（全十一ステージ）
■日時／二〇一二年三月九日〜十日
■場所／大阪市立芸術創造館（全二ステージ）

［スタッフ］
○作・演出／高橋いさを（劇団ショーマ）
○音響／平田忠範（ＧＥＮＧ27）
○照明／青木大輔（株アスティック）
○美術／加藤ちか

○舞台監督／小野八着・吉川尚志
○宣伝美術／佐野幸人
○票券／高田香
○受付／帆足桃子
○写真／角田敦史
○企画・製作／Ｎａｎａ　Ｐｒｏｄｕｃｅ
［出演］
○沢木／かなやす慶行
○田所ヤスコ／田崎那奈
○延岡友也／泉知束
○山崎学／樽沢勇紀
○秋吉みな／南口奈々絵（劇団ショーマ）
○哲郎／南部哲也
○中村／浜谷康幸

高橋いさを（たかはし・いさを）
1961年、東京生まれ。劇作・演出家。
日本大学芸術学部演劇学科在学中に「劇団ショーマ」を結成。著書に「ある日、ぼくらは夢の中で出会う」「バンク・バン・レッスン」「八月のシャハラザード」「父との夏」「モナリザの左目」「I－note ～演技と劇作の実践ノート」（全て論創社）など。

交換王子

2015年8月30日　初版第1刷印刷
2015年9月10日　初版第1刷発行

著　者　高橋いさを
発行者　森下紀夫
発行所　論 創 社
東京都千代田区神田神保町2-23　北井ビル
tel. 03（3264）5254　fax. 03（3264）5232　web. http://www.ronso.co.jp/
振替口座　00160-1-155266
装幀／栗原裕孝
印刷・製本／中央精版印刷　組版／フレックスアート
ISBN978-4-8460-1466-7　